KB053198

책과 여행으로 만난 일본 문화 이야기

책과 여행으로 만난 일본 문화 이야기

최수진 지음

세나북스

들어가며

일본에 관심을 가진 것은 20대부터였습니다. 일본에서 꼭 한 번 살아보고 싶다고 생각하게 되었고, 20대 후반에 다니던 회사를 그만두고 1년 동안 일본 어학연수를 다녀왔습니다.

1년은 생각보다 짧았습니다. 즐거운 추억도 많이 만들었고 일본어 실력도 늘었지만, 좀 더 깊게 일본과 일본 문화를 공부하지 못했다는 아쉬움이 남았습니다. 취직을 해서 일본에 3년간 출장을 다녔지만 일로 가는 일본은 즐거움이나 연구의 대상이 아닌 치열한 삶의 공간에 불과했습니다.

그 이후 일본에 자주 가지 못하게 되니 일본에 대한 궁금증과 갈증은 더욱 커져만 갔습니다. 일본에 체류했을 때 왜 다양한 경험을 하지 못했나 후회도 했습니다. 생각해보면 일본 어학연수 기간에는 시간은 있었지만 돈이 없었고, 회사에 다니며 일본 출장 다니던 시절에는 금전적 여유는 그 전보다 조금 더 있었지만 일하느라 시간과 마음의 여유가 전혀 없었습니다.

지금은 비록 일본에 살고 있거나 자주 갈 수 있는 상황은 아니지만 책을 통한 간접경험으로 일본에 대해 더 많이 알게 되었고 그렇게 생긴 궁금증을 다시 일본 여행을 통해 해소하고 있습니다.

일본에 관련된 책은 한국인이 쓴 일본 문화론이나 일본인이 써서 번역 출간된 책을 주로 읽었습니다. 일본 여행은 2011년부터 본격적으로 다녀서 17번을 다녀왔습니다. 평범하고 지루한 일상에서 벗어나 가끔 맛보는 일본 여행은 힐링 그 자체였습니다. 새로운 환경과 문화를 접하면 아이디어도 많이 샘솟는데, 이 에너지는 제가 하는 일에 큰 도움이 됩니다.

2015년부터 1인 출판사를 시작하면서 좋은 작가님들과 함께 일본 관련 에세이를 여러 권 출간했습니다. 다년간의 일본에 대한 관심과 독서, 여행이 바탕이 되어 가능했다는 생각이 듭니다. 다행히 세나북스에서 나온 일본 에세이, 일본 여행 에세이를 많은 독자분이 읽어주시고 좋은 평도 해주셨습니다. 어찌 보면 일본에 대한 관심과 일본 여행이라는 취미를 제 직업과 연결했다고도 할 수 있습니다. 정말 감사한 일입니다.

몰랐던 나라에 관해 관심을 가지고, 그 나라 문화를 접하고 들여다보는 일은 즐거운 일이고 삶의 활력소가 됩니다. 저에게 일본 문화를 들여다보는 일이 그렇습니다. 신문을 봐도 일본 관련 기사를 더 유심히 보게 되고 서점에 가도 일본에 대한 신간이 나오면 더 자세히 들여다보게 됩니다. 이런 작은 관심들이 모여 이 글의 재료가 되었습니다.

최근 한·일 관계는 최악으로 치닫고 있습니다. 우리는 일본에 대해 잘 모르고, 그들도 우리에 대해 잘 모른다는 생각이 듭니다. 민간 차원의 교류가 활발하다 해도 국가 간의 관계가 냉랭한 상황에서는 여러 가지로 흥이 나지 않습니다.

한 나라에 관심을 가진다는 것은 무엇을 의미할까요? 일본에도 한국과 한국 문화에 큰 관심을 가진 사람들이 존재합니다. 한국은 일본에게 일본은 한국에게 어떠한 의미가 있는가를 생각하며 이 글들을 썼습니다. 한·일 양국 관계에 조금이나마 도움이 되고자 하는 소망도 담았습니다.

사실 일본에 살면서 다양한 경험을 하면 더 많은 정보를 자연스럽게 얻을 수 있고 남다른 통찰도 생길 것입니다. 제가 독서와 여행을 통해 일본 문화를 접한 내용만으로 (일본 어학 연수와 일본 직장 경험도 글을 쓰는 소재로 쓰긴 했습니다만) 낸 이 책은 어떤 의미에서는 B급 일본 문화 에세이밖에 되지 않을지도 모릅니다.

물론 단기간의 체류만으로도 한 나라에 대한 특급 여행 에세이를 팡팡 멋들어지게 쓰는 작가들이 존재합니다. 일본 체류 경험이 적어서 좋은 에세이를 못쓴다고 말하는 건 사실 핑계에 불과합니다. 솔직히 제가 품고 있는 지식과 통찰의 부족함이 끝내주는 에세이를 못쓰는 본질적인 이유입니다. 그리고 지난 8년 동안 쓴 글을 모은 내용이라 좀 오래된 이야기도 있습니다. 이 부분은 너그러운 마음으로 양해 부탁드립니다.

일본 문화에 관심 있는 사람이 어떤 방식으로 일본 문화를 접하고 소비하는지 읽어보시는 재미는 있습니다. 만약 일본 문화에 관심을 가지고 어떻게 일본 문화를 탐구할지 고민하는 분이라면 제 글이 조금은 도움이 될 것입니다. 책을 읽으며 저와 함께 일본을 여행하는 기분을 느껴보셨으면 합니다.

새로운 지식과 시각, 통찰을 가지고 감동과 재미를 주는 글을 쓰고자 했지만 능력의 한계를 새삼 느낍니다. 아무쪼록 읽으시는 동안 그동안 잘 몰랐던 일본 문화를 알게 되는 즐거움을 느끼실 수 있다면 그것으로 저는 충분히 만족합니다.

이 책 출간을 계기로 일본문화에 더 관심을 가지고 다음에는 더 흥미롭고 재미있는 일본문화 에세이를 쓰도록 노력하겠습니다. 다음에도 꼭 읽어주셨으면 합니다.

2020년 4월

최수진

차 례

3장 책과 드라마로 만난 일본

4장 일본의 장인 정신

차 례

일본 문화 체험

6장 일본 문화 에세이

1장 일본의 책문화와 서점

일본인과 만화

"일본인들은 우리보다 책을 많이 읽는다. 전철을 타면 모두 문고본 책을 들고 읽고 있다."

"아니다. 내가 일본에 직접 가서 보니까 그중의 반 이상은 만화더라. 독서는 무슨…"

일본인과 독서에 대한 이야기는 이제 식상한 소재입니다. 일본인은 어떻다더라 하는 이야기를 이제 사람들은 지루해합니다. 또 그 이야기야?

그런데도 일본인이 정말 독서를 많이 하느냐는 질문의 답을 직접 확인해보고 싶었습니다. 2000년 말 일본으로 어학연수를 갔을 때 그 답을 알 수 있었습니다. 확인은 무척 간단하고 쉬웠습니다. 통학길에 전철을 타고 관찰하기만 하면 되니까요.

아침 출근 시간, 붐비는 전철 안에서 책을 읽고 있는 사람들의 모습에 감탄했습니다. 결론은 책을 많이 읽는 건 사실이고 특이한 점은 만화가 꽤 높은 비중을 차지하고 있었습니다. 단행본뿐만 아니라 우리에게는 없는 성인용 만화 월간지가 단연 인기였고 머리가 희끗희끗한 할아버지도 전철에서 만화를 읽고 있는 모습에 문화 충격을 받기도 했습니다. 일본은 만화와 잡지의 판매 비중이 일반 단행본과 비교해 매우 높습니다.

사이토 다카시의 『공부의 힘』을 보면 일본인의 만화 사랑과 관련된 재미있는 내용이 나옵니다.

> 저희 같은 학자도 큰 출판사에서 책을 낼 때는 만화의 덕을 봅니다. 만화가 팔리고 있는 덕분에 학술서 같은 책을 낼 수 있기 때문입니다. 잡지의 전권 특집도 고단샤나 쇼가쿠칸 등 큰 출판사이기 때문에 가능하겠지만, 어쩌면 교양을 구하는 우리 독자들 역시 만화에 감사해야 하는지도 모릅니다. (…) 잡지의 '전권 특집'은 교양을 몸에 익히는 데에 입문서 역할도 합니다. 비주얼이 착실히 되어 있고, 편집자의 의기가 느껴지는 혼신의 특집은 공부에 자극이 됩니다.
>
> \- 사이토 다카시, 『공부의 힘』

전권 특집은 '무크지'라고도 부르는데 특정 주제에 대한 내용만을 기존에 발행한 잡지에서 발췌하거나 추가해서 마치 단행본처럼 묶어 내는 책을 말합니다. 올컬러로 제작하는 등 원가 비중도 높고 편집자가 심혈을 기울여 만들기 때문에 내용이 좋고 수준이 높은데도 책 가격이 대체로 저렴합니다.

저도 일본 무크지를 가끔 사보곤 하는데 '이 정도 수준에 이렇게 저렴한 가격이라니' 하고 놀라곤 합니다. 일종의 보급형이며 독자를 위한 서비스인 셈입니다. 물론 일본에서도 큰 출판사에서만 가능한 이야기지만 만화가 많이 팔리는 덕에 자금에 여력이 생겨 소수를 위한 교양서적 출간이 가능하다는 사실이 놀랍기도 하고 부럽기도 합니다.

일본에서는 매년 단행본은 10,000종 이상, 잡지는 300종 이상 출간되고 있습니다. 만화와 만화잡지의 판매 부수가 전체 출판물의 30% 이상을 차지할 정도로 일본은 거대한 만화 시장을 가지고 있습니다. 수익 비중은 30%를 훨씬 상회 해서 40% 정도라고 합니다.

일본인의 만화 사랑은 그들의 언어와도 관련이 있다는 의견이 많습니다. 우치다 타츠루의 『일본 변경론』에도 나오지만 이보다 앞서 이어령 선생도 일본어와 만화의 관계에 대해 이렇게 언급했습니다.

> 이렇게 한자를 다중적으로 읽는다는 것은, 한쪽으로는 눈으로 그림을 보면서 한옆으로는 글자를 읽는 만화 독법과 일치한다는 것이다. 말하자면 시각적 세계에 속하는 한자의 도형과 그것을 읽는 청각적 세계인 말이 따로 논다는 이야기이다. 그림과 말로 되어 있는 만화의 이중 구조는 한자를 보고 읽는 다중 구조와 같기 때문에 이것을 더 발전시키면 일본인의 사고 영역에까지 확산된다.
>
> - 이어령, 『축소 지향의 일본인 그 이후』

일본어는 같은 한자도 여러 발음으로 읽히는데 이런 언어적 특징과 일본에서의 만화의 인기에 상관관계가 있다는 분석이 흥미롭습니다.

일본에서 제가 살던 동네 서점 앞에는 만화 가판대가 있었는데 항상 서서 만화를 보는 사람들로 복잡했습니다. 책을 사지 않고 저렇게 보면 주인이 싫어하지 않나 하는 생각이 들었습니다. 일본은 편의점에서도 잡지나 만화를 파는데 마찬가지로 서서 책 보는 사람들을 흔하게 볼 수 있습니다.

어쨌든 일본은 워낙 만화가 많이 팔려서 저 정도의 서비스는 해주는구나 하는 생각이 들었습니다.

[2014.05]

독특한 일본 서점에 가보자

사실 책 많기로 따지면 인터넷 서점이 최고입니다. 바로 재고 여부가 판단되고 심지어 다른 인터넷 서점의 재고 여부까지 알려주니까요. 하지만 책과 독서를 사랑하는 사람들은 말합니다. "책은 아무래도 서점에서 보고 사는 게 좋지." 그래서 사람들은 갑니다. 대형 서점인 광화문 교보문고나 그 비슷한 서점들로 말이죠.

실제로 주말이나 휴일의 광화문 교보문고는 '한국 사람들이 책을 안 읽는다'는 말에 의문부호를 찍게 할 정도로 사람이 많습니다. 우리 마음속 서점의 이미지는 역시 크고 넓고 책이 아주 많은 곳입니다.

얼마 전 읽은 책 『도쿄의 서점』은 몇 가지 점에서 저를 놀라게 했습니다. 책에서 소개하는 서점은 다 규모가 크지 않습니다. 쉽게 말해 동네 서점입니다. 그런데 왜 도쿄를 대표하는 서점인 걸까요? 도쿄를 대표하는 서점이라면 우리네 기준으로 위치나 규모가 '신주쿠 기노쿠니야' 정도는 되어야 하는데 말입니다. 책에서 소개하는 서점들은 모두 '작지만 강한 서점'이라는 공통점이 있고, 대부분이 '편집 매장'입니다.

편집 매장은 우리에게 생소한 개념인데 쉽게 말해서 대형 서점처럼 신간 위주의 배치가 아니라 작은 매장이지만 최대의 효율이 나도록 책을 엄선하여 진열하는 방식의 매장을 말합니다. 책을 진열하는 기준에 대해서는 아직 시행착오를 겪고 있다는 매장이 있을 정도로 독창적이고 서점 나름의 특징이 있습니다.

예를 들면 여행과 도시에 관한 책을 취급하는 '도쿄즈 도쿄'라는 서점에서는 홋카이도 코너에 무라카미 하루키의 『댄스 댄스 댄스』를, 시코쿠 코너에는 이시이 신지의 『4와 그 이상의 나라』를 진열하는 식입니다. 눈치챘겠지만, 하루키의 소설책 배경은 홋카이도고 이시이 신지 책의 배경은 시코쿠라는 연관성을 가지고 있습니다.

서점 '비앤비'의 경우는 상품 진열을 전부 내용에 따른 구분, 즉 '문맥 진열'을 따르고 '이 서가에는 아무래도 이 책이 필요하다'고 판단되면 가능한 한 모든 수단을 활용하여 책을 구해온다고 합니다. 공간에 대한 제약은 있지만, 시간을 넘나

들어야 하고 오너와 직원이 정말 책을 좋아하고 책에 대해 잘 알아야만 서점을 운영해 나갈 수 있죠. 그리고 이러한 노력은 그대로 고객들에게 전해져서 단골손님을 만들게 됩니다. 더할 나위 없이 바람직한 선순환입니다.

이 서점들에는 미래형 서점이라는 말도 잘 어울립니다. 사실 책을 좋아하다 보면 하나의 책이 다른 책을 부르고 몇 개의 책은 아주 긴밀한 연결고리 같은 것을 가지기도 합니다. 연관된 책만 배치하는 것이 아니라 관련된 소품을 같이 두고 판매하는데, 예를 들어 식물과 식물재배에 대한 책을 같이 진열하거나 요리책과 요리도구들을 같이 진열합니다.

서점에 가서 책만 보는 것이 아니라 이런 아이디어나 신선한 기운도 느낄 수 있다면 몇 번을 가도 질리지 않을 겁니다. 이런 편집 매장만을 전문적으로 기획하는 BACH라는 회사도 있고 서점 소개 사이사이에 실린 인터뷰를 보면 서점 기획자라는 직함도 보입니다. 한국에는 이런 직업이 아직 없는 듯합니다. 사실 한국에서 동네 서점은 거의 자취를 감추고 있습니다. 『도쿄의 서점』에 나오는 개성 있고 사랑 받는 서점은 아직 우리에게는 먼 미래의 일일지도 모릅니다.

하지만 우리가 스마트폰이 나오기 전에는 스마트폰을 써야겠다는 생각을 못 했듯, 이런 편집 매장이나 독특하고 우리에게 즐거움을 주는 서점을 어느 날 직접 만나게 된다면 그 매력에 푹 빠질지도 모르는 일입니다. 일본에 가면 이런 작지만 독특한 일본 서점에 가보세요. 저도 무척 가보고 싶습니다.

[2015.03]

P.S 요즘은 한국에도 독립 서점 붐이 일어서 작지만 개성 있는 서점이 많이 생겼습니다. 하지만 가장 중요한 큐레이션이 빠져있다는 의견이 많습니다. 교토 동네 서점의 가장 큰 힘은 바로 동네 사람들이 책을 사러 그 서점에 간다는 점입니다. 왜냐하면 신기하게도 단골들이 좋아할 만한 책을 제대로 갖춰놓는다고 하네요! 위의 글에도 나오는 큐레이션의 힘이죠. 한국에서도 이런 동네 서점이 많이 생기면 좋겠습니다.

라이프 스타일 서점,
다이칸야마 츠타야

한국에서 최근에 개점하거나 재개장하는 대형서점은 대부분 '라이프 스타일 공간'을 표방하고 있습니다. 교보문고의 100인 탁자나 아크앤북 같은 서점이 최근 독특한 컨셉으로 이슈가 되었습니다.

이런 추세는 취향을 제안하는 서점으로 유명한 일본의 츠타야를 벤치마킹한 것으로 보입니다. 하지만 단지 라이프 스타일 서점을 표방하고 책 이외의 물건을 진열한다고 해서 모든 서점이 츠타야 같은 성공을 하는 건 아닙니다.

얼마 전 도쿄에 출장 갔을 때 라이프스타일 서점으로 유명한 츠타야를 방문했습니다. 다이칸야마 츠타야와 긴자식스 츠타야 두 곳을 방문했습니다.

한국의 서점과 좀 다른, 츠타야가 보여주는 큰 특색 중 하나는 잡지 진열 비중이 높다는 점입니다. 실제 일본은 잡지가 일반 단행본보다 더 많이 팔립니다. 이런 점도 잡지를 많이 진열한 이유일 것입니다. 다양한 정보의 전문잡지가 넘칩니다. 츠타야는 기존 서점에서는 줄이던 잡지 코너를 오히려 넓히는 전략을 썼는데 방문객이 늘어나는 효과가 있었다고 합니다.

또한 츠타야는 자체 제작한 잡지를 팔아서 굉장한 수익을 올리고 있습니다. 예전에 한국 서점에서 'PEN'이라는 일본 잡지를 샀습니다. 「一人、京都」(혼자서, 교토)라는 매력적인 제목의 무크지였습니다. 다이칸야마 츠타야에 갔을 때 이 잡지가 가장 잘 보이는 매대에 진열되어 있었습니다.

알고 보니 이 PEN이라는 잡지를 CCC(Culture Convenience Club)에서 발행하고 있었습니다. CCC는 바로 츠타야를 소유한, 마스다 무네아키가 만든 회사입니다. 츠타야는 직접 만든 잡지를 자신들의 매장에서 팔고 있었던 것입니다. 일반적으로 서점은 출판사가 만든 책을 파는 유통업으로 생각하지만 CCC는 이익 극대화를 위해 잡지를 직접 만들고 있었습니다.

츠타야가 처음 새로운 컨셉의 서점을 열었을 때만 해도 이런 성공을 거두리라고는 아무도 예상을 못 했죠. 다이칸야마 츠타야는 다양한 잡지와 신간과 구간 상관없이 분야별로 책을 잘 갖춘 점이 인상적이었는데 이런 요인도 츠타야가 인기를 끈 비결이라고 합니다.

긴자식스 츠타야의 테마는 예술이라고 합니다. 직접 가보니 잡지 종류도 많고 매력적인 내용의 무크지가 많아서 서점에 오래 머무를 수밖에 없었습니다. 예를 들어 <라이카로 찍는 이유>, <진짜 교토를 만나는 여행>, <궁극의 힐링을 디자인에 담아낸 일본 온천 150> 같은 매력적이고 멋진 제목의 무크지와 잡지가 가득해서 시간 가는 줄 모르고 서점을 몇 번이고 돌아봤습니다.

츠타야 매장에는 스타벅스가 항상 같이 입점해 있는데 책과 커피는 환상의 궁합이 아닐 수 없습니다. 인터넷으로는 살 수 없는 경험을 주기에 많은 사람이 직접 매장을 방문하게 만든 츠타야는 매력적인 서점임이 틀림없었습니다.

[2019.10]

2장 일본을 걷는다

일본 관광의 힘은
스토리텔링의 힘

"이순신 장군이 태어난 곳은?"

바로 서울 중구 인현동이라고 합니다. 을지로와 충무로 사이에 위치한 관광객들의 인기 관광 코스 근처입니다.

지금 한국은 가장 자랑스럽고 존경하는 역사적 인물에 대한 사랑을 영화 <명량>에 대한 반응으로 나타내고 있습니다. 물론 지금의 시대 상황과도 잘 맞아떨어지긴 했지만 말입니다. 하지만 역사적 인물이 가지는 엄청난 스토리텔링의 힘을 모두 느끼면서도 정작 관광과 연결 못 시키는 점은 조금 안타깝습니다.

일본만 해도 가장 인기 있는 역사적 인물 사카모토 료마를 너무나 잘 이용합니다. 료마의 고향인 시코쿠 남부 고치현은 죽은 료마가 거의 먹여 살리다시피 한다는 이야기까지 있습니다.

고치현 홈페이지에 들어가면 <로마의 휴일>을 <료마의 휴일>이라고 기가 막히게 패러디해서 고치현을 선전합니다.

비단 료마의 출생지뿐만이 아닙니다. 료마의 숨결이 조금이라도 닿은 관광지는 절대 그 역사적 사실을 놓치지 않고 관광에 이용합니다. 일본 여행 잡지 <루루부 교토편>에는 "료마 관련 추천 관광 코스"가 나와 있습니다. 처음에는 료마가 교토 출신인가 했더니 고치현 출신이고, 교토에서는 료마와 관련한 역사적인 사건이 많이 일어났는데 이를 잘 이용한 것입니다. 추천 관광 코스는 다음과 같았습니다.

1. 테라다야 : 료마가 자객에게 습격을 당했던 곳
2. 료마 도오리 상점가 : 자객의 습격을 받은 료마가 도망친 거리
3. 교토 로젠고코쿠 신사 : 료마의 묘가 있는 곳으로 오마모리(부적)도 판매
4. 막부(무사정권) 말기 유신 박물관 료젠 역사관
5. 사카모토 료마와 나카오카 신타로 조난(遭難)의 장소

교토가 료마와 관련이 많긴 하지만 유명인과 관광지를 엮는 능력이 탁월합니다. 도자기로 유명한 규슈 아리타도 심수

관이라는 한국에서 건너간 도공의 이야기가 빠지면 밋밋할지 모릅니다. 스토리텔링의 힘입니다. 이러한 스토리텔링의 힘으로 일본 관광은 수많은 관광객을 끌어모으고 있습니다.

반면 한국 관광은 여전히 식도락과 쇼핑 위주라는 비판을 계속 받고 있습니다. 역사적 인물과 관광을 잘 엮는 일본의 예만 참고해도 좋은 아이디어가 많이 나올 수 있을 겁니다. 제주도의 올레를 수입한 일본 규슈 올레에 일본 사람보다 한국 사람이 더 많이 찾아간다고 합니다. 모방한다 생각하지 말고 좋은 것은 배워서 우리 것으로 만드는 지혜가 필요한 시점입니다.

[2014.08]

우레시노 강과 온천가 산책

일본 여행의 백미, 온천 여행. 이번에 간 곳은 일본 3대 미인탕이라는 규슈 사가현의 우레시노 온천입니다.

온천에 도착해서 온천욕은 뒤로 밀리고 아이들의 성화에 료칸 근처의 '히젠유메카이도'라는 유원지에 다녀왔습니다. 우리가 묵었던 와타야벳소 료칸에서 할인권도 주고 차로 데려다주기까지 해서 더운 날씨에 편하게 갔습니다.

유원지에서 돌아올 때는 천천히 걸으며 동네 구경을 했습니다. 료칸 뒤로 강이 보였습니다. 폭은 채 10m도 되지 않았지만 전 우레시노 강임을 믿어 의심치 않았습니다.

"어머님, 이게 우레시노 강이에요."

"이게 무슨 강이냐, 이건 개천인데?"

잉? 그런가?

그러고 보니 어머님 말씀대로 강이라고 하기에는 물이 적어 보였습니다. 그럼 우레시노 강은 어디에?

처음 일본 온천 여행을 간 곳은 시마네현 마쓰에의 다마츠쿠리 온천이었습니다. 그곳에서 우연히 시작하게 된 온천가 새벽 산책은 제가 여행 중 가장 좋아하는 이벤트입니다. 이번 여행에서도 예외 없이 다음날 새벽 4시 반에 홀로 료칸을 나섰습니다.

온천가 새벽 산책의 포인트는 해가 뜨기 전에 길을 나서야 한다는 겁니다. 온천가의 풍성한 자연과 하루의 시작인 해돋이가 만나는 장엄하고 아름다운 순간을 놓치면 그것은 이미 온천가 새벽 산책의 조건에 맞지 않습니다.

우레시노 온천가 지도가 있었지만 작은 마을이라 별로 필요가 없을 것 같아 카메라만 들고 길을 나섰습니다. 명색이 온천가니 조금 걷다 보면 당연히 우레시노 강과 그 강을 끼고 형성된 다른 료칸들도 보이고 족욕탕도 있는 온천가 특유의 거리가 나타날 것이라 예상했습니다. 운이 좋으면 550년 되었다는 녹차 나무도 볼 수 있겠지 하고 기대했습니다.

그런데 가도 가도 강이나 온천 거리다운 곳은 나타나지 않았습니다. 이 길이 아닌가 보다 하고 방향을 바꾸어 가보기도 했습니다. 가도 가도 일반 주택과 큰 슈퍼, 소방서, 버스 정류소만 나오고 강은커녕 어제 본 개천밖에 안 보입니다. 그렇게

6시까지 한 시간 반을 돌아다니다가 료칸으로 돌아왔습니다.

"무슨 온천 마을이 이러냐. 강도 안 보이고 그 흔한 하얀 수증기도 안 보이네."

혹시나 해서 지도를 봤더니, 맙소사. 료칸 뒤로 흐르는 개천이 바로 우레시노 강이었습니다. 당연히 우레시노 강이 료칸 앞쪽 어딘가 다른 곳에 있을 것이라 예상하고 찾아다녔는데…. 그러다 보니 온천가와는 반대 방향만 열심히 산책하고 온 겁니다. 아, 이렇게 억울할 수가! 그래도 헤맨 덕분에 동쪽에서 뜨는 해도 보고 마을 구경 잘했다고 스스로를 위로했습니다.

아침을 먹고 식구 모두 다시 우레시노 온천가 산책로를 찾아 나섰습니다. 하지만 결국 피곤하다며 모두 도중에 들어가 버리고 혼자 헤매다가 저도 포기했습니다. 저희가 묵은 와타야벳소가 우레시노 온천가 산책로와는 조금 거리가 있었습니다. 아쉽지만 제대로 된 온천가 산책은 포기하고 다음 일정을 위해 료칸으로 돌아와야 했습니다. 료칸에서의 1박을 뒤로하고 우레시노에서 나가사키 하우스텐보스로 가는 택시를 탔습니다. 궁금함을 못 참고 기사 아저씨에게 물었습니다.

"벳푸나 유후인에 가면 수증기도 막 올라오고 유황냄새도

나고 하는데 이곳 우레시노 강은 왜 물도 좀 적고 평범한가요?"

"그건 온천수의 양이 줄어서예요. 예전에는 우레시노 강도 수증기가 올라오고 그랬죠. 하지만 지금은 용출량이 줄어서 펌프로 온천수를 끌어 올려요. 벳푸나 유후인은 아직 온천의 양이 많은 거죠."

"그럼 우레시노 온천의 인기가 예전보다 많이 떨어지지 않았나요?"

"그래도 온천의 질은 그대로이니 인기가 없지는 않지요."

"아하!"

알고 보니 1930년대까지는 자연적으로 솟아나는 온천만을 사용했는데 제2차 세계대전 이후에는 펌프 등으로 강제로 끌어 올리는 방식이 주가 되었다고 합니다. 현재 일본 국내의 온천 중 약 70%가 펌프 등으로 끌어 올리는 동력 온천이라고 하네요.

유명한 여행 전문가들이 쓴 일본 온천 관련 글을 유심히 보면 유독 용출량을 중요시함을 알 수 있습니다. 모르는 사람이 읽으면 "그게 중요한가?" 라든가 아예 용출량 따위는 신경도 안 쓰겠지만 온천을 가본 사람들이라면 온천 용출량이 온천가의 분위기를 크게 좌우한다는 사실을 쉽게 알 수 있습니다.

물의 질을 중시하는 사람도 있겠지만 역시 온천가는 그 나름의 분위기, 그러니까 하얀 수증기도 나고 깨끗한 온천물이 온천가 주변에 졸졸 흐르고 뭐 이런 분위기가 팍팍 나는 곳이면 곳에서 일부러 여행 온 사람들의 기대를 충족시켜주지 않을까요? 내가 살던 동네에서 쉽게 못 즐기던 진기한(?) 풍경을 보고 싶은 것이 인지상정입니다. 저도 솔직히 온천가 느낌이 많이 나는 벳푸나 유후인이 더 마음에 듭니다. 하지만 우레시노 온천도 특유의 개성과 아름다움이 있으니 기회가 되면 꼭 가보세요.

혹시 일본 온천 여행을 계획하신다면, 온천 특유의 몽환적이고 므흣한 분위기를 즐기시려면 꼭 온천의 용출량을 확인하세요. 참고로 용출량 1위는 벳푸 온천이라고 하네요. 유후인도 벳부 근처니 용출량이 많습니다. 유후인이 최근 들어 인기 있는 이유도 이 용출량과 밀접한 관계가 있다는 생각이 듭니다. 단지 아기자기하고 예쁜 거리만이 유후인의 경쟁력은 아니었다는 사실을 유후인에 다녀온 지 1년이 지난 지금, 우레시노 온천에 다녀오고서야 깨달습니다.

[2013.06]

긴자에서 나흘 동안 쇼핑을 했다.
그리고…

서울의 명동과 도쿄의 긴자(銀座). 두 곳은 닮은 점이 많습니다. 비싼 땅값으로 유명하고 외국인들이 많이 찾는 장소입니다. 일본과 중국에서 온 관광객들이 가장 많이 가는 곳이 명동입니다. 사실 서울에 살면서 특별히 가보고 싶은 곳이 없어진 지 오래입니다. 반면에 도쿄 긴자에는 가보고 싶습니다.

도쿄에 안 가본 지도 올해로 10년째입니다. 사실, 도쿄에 드나들던 시절에도 긴자를 제대로 즐겨본 적이 없습니다. 유명한 장소도 많은데 왜 가보지 못했는지 아쉽습니다. 결국 "파리가 아름다운 이유는 우리가 그곳에 머무를 시간이 단 사흘밖에 없기 때문이다"라는 말이 진리입니다. 명동에 온 외국인들이 왜 저렇게 즐겁겠습니까? 일생에 한 번이 될지 모르는 구경거리를 만난 겁니다. 먹거리도 맛있고 화장품도 보고 옷도 사고 난리인 거죠.

얼마 전 한 잡지 에디터가 쓴 "긴자는 추억을 팔지 않는다"라는 글을 읽었습니다. 패션 잡지에 어울리는 좀 치장된 글이

긴 하지만 긴자에 지금 당장이라도 달려가고 싶게 만드는 놀라운 힘을 가진 글이기도 합니다. 가장 충격적인 한 문장은 바로

긴자에서 나흘 동안 쇼핑을 했다.

였습니다. 슬며시 치환하면 "명동에서 나흘 동안 쇼핑을 했다." 뭔가 이상합니다. 아무리 생각해도 명동에서 나흘 동안 쇼핑하기는 무리인 듯싶습니다. 아무리 한류의 광풍을 타고 불타는 쇼핑 욕구와 식도락에의 열정으로 몇 달을 벼르고 별러 명동에 온 일본인 '하나코 양'이라 해도 이건 불가능하지 싶습니다.

명동은 이미 한국 사람들도 일부러는 잘 찾아가지 않는 곳입니다. 일단 음식점 하나만 두고 이야기해도 그렇습니다. 전통과 역사가 있는 음식점이 몇 개나 남아있습니까? 심지어 외국인의 입맛에 맞춰 본래의 맛과 개성도 바뀌고 있습니다. 쇼핑 말고 명동에는 무엇이 있나요? 일본의 한국 관광 관련 잡지를 보면 '명동의 필수 방문 장소'가 소개되어 있습니다. 그중 관광지는 딱 하나 나옵니다. '명동성당'. 하긴, 긴자에도

관광지는 없습니다.

그런데 문제는 명동성당 말고는 필수 방문 장소들이 전부 음식점과 안경 가게 정도라는 점입니다. 특색 있고 오래된 가게 하나 정도는 있었으면 하는 기대가 여지없이 무너집니다. 외국인들도 명동에서 가장 기대하는 것이 바로 '먹거리'와 '쇼핑'이긴 합니다. 그런데 왜 이리 아쉬운지 모르겠습니다.

그렇다면 긴자를 한 번 자세히 들여다볼까요?

『도쿄 아트 산책』이라는 책을 보면 도쿄 아트 뮤지엄의 '이토 요코'라는 사람이 이런 말을 합니다.

> 일본의 미술을 좀 더 자세하게 알고 싶으시다면 긴자의 갤러리나 미술관을 살펴보기를 권한다

최근 일본도 기업들이 이익을 목적으로 운영하는 갤러리와 시설만 화려한 갤러리가 많이 생겨나고 있지만, 오랜 역사를 지닌 변함없는 테마를 가지고 부지런하고 꾸준하게 전시를 열고 있는 갤러리도 있습니다. 바로 긴자의 작은 갤러리들입니다. 지금은 불경기로 많이 줄어들어 긴자에 있는 갤러리는 약 300여 개지만, 한창일 때에는 500여 곳의 갤러리들이 성

행할 정도로 다양한 전시와 문화행사가 있었다고 합니다. 긴자라는 곳이 이전보다는 조금 더 특별하게 느껴지시나요?

긴자에 오래도록 머무르는 존재는 갤러리뿐만은 아닙니다. 긴자에는 일명 '시니세(老鋪, 전통이 있는 오래된 상점. 유홍준 교수의 말에 의하면 그냥 오래된 것이 아니라 그것을 가업으로 생각하고 그 자리에서 건물의 형태도 바꾸지 않고 대대로 이어오는 상점을 의미[1])'가 많습니다. 1869년에 창업해 팥빵을 처음 만든 '기무라야(木村屋)', 1904년 창업한 문구점 '이토야(伊東屋)', 1917년 창업한 작은 모자 가게 '도라야' 등 전통과 역사를 간직한 가게들이 여전히 자리하고 있습니다.

긴자에서 100년 정도는 오래된 가게가 아니라고 할 정도입니다. 이처럼 긴자는 긴자만의 뚜렷한 개성이 넘치고 이를 지켜나가려는 노력으로 충만한 곳입니다. 언젠가 "긴자에서 나흘 동안 쇼핑을 했다"는 말을 꼭 해보고 싶습니다. 아니, "긴자에서 나흘 동안 쇼핑도 하고 미술관도 돌아봤다"가 더 좋겠네요.

[2014.10]

1 유홍준, 『나의 문화유산답사기 일본편 4 : 교토의 명소』

일본 료칸이 특별한 이유

'일본 여행' 하면 언뜻 떠오르는 이미지가 있으신가요? 언제부턴가 저는 일본 여행 하면 일본 전통 여관(이하 료칸旅館)이 떠오릅니다.

일본 료칸에 처음 갔을 때 가장 인상적인 경험은 바로 '이부자리 깔기'였습니다. 아니 더 정확하게 말하면 우리가 까는 것이 아니니 '이부자리 까는 모습 보기'라고나 할까요.

마쓰에의 다마츠쿠리(玉造) 온천가에 있는 마츠노유(松のゆ) 료칸에 갔을 때의 일입니다. 방에서 거한 저녁 식사를 마친 후 조금 있으니 '이불 깔아 주는 그분'이 오셨습니다.

그냥 '이불을 깐다'기 보다는 행위 예술에 가깝다는 생각이 듭니다. 바닥에 요를 깔고 그 위에 깨끗한 흰 면 시트를 활짝 펼친 다음 네 면을 모두 이불 밑으로 꼭꼭 집어넣습니다. 우리 가족이 4명이었으니 무려 4개의 요를 모두 해주었습니다.

방 한쪽에 서서 처음 보는 그 광경을 넋을 놓고 쳐다봤습니다. 특히 아이들이 너무 재미있어했습니다. 한 번도 본 적이 없으니 신기했을 겁니다. 이불을 까는 작업은 쉽지 않아 보였습니다. 보고 있는 자체가 조금 부담이 될 정도였습니다. 료칸 직원은 이불을 다 깔아주고 인사를 하고 휑~ 나갔는데 그냥 보내기가 미안할 정도였습니다. 팁이라도 드려야 하나라고 생각했는데 어, 벌써 나가고 없습니다.

그날 밤 너무나도 폭신폭신하고 보송보송한 이불에서 기분 좋게 잠을 청할 수 있었습니다. 원래 저와 딱 붙어서 자던 4살 딸아이도 자신의 이불에서 따로 잔다고 할 정도로 (료칸 직원이 열심히 깔아 준) 이불의 위력은 대단했습니다. 그렇게 힘들여서 정성껏 직접 이불 까는 모습을 보지 않았다면, 아이는 그 '특별한' 이부자리에서 혼자 자겠다고 생각하지 않았을 것입니다.

저녁 식사가 끝나고 유카타 차림으로 바닷가를 산책하고 돌아가니, 어느새 이불이 펴져 있었다. (…) 어릴 적, 할머니 댁에 가면 할머니는 손자들을 이렇게 해줬다. 집주인은 할아버지인데 아이들은 한결같이 '할먼네'라고 했다. 그곳에 가면 일방적인 배려를 받기 때문이다. 일본 전통 여관에서

는 할머니의 손길과 같은 일방적인 배려를 돈을 주고 살 수 있다. 오벤또나 이불 깔아주기와 같은 일방적 배려에 대한 일본인들의 집착은 '아마에(甘え)'라고 하는 일본인 특유의 정서 때문이다. '아마에'란 원래 '달다', '달콤하다'라는 형용사가 명사화된 것으로, '응석 부리며 의존하는 태도'를 뜻한다.

- 김정운, 『일본 열광』

엄마에게 받던 배려와 이불을 깔아주는 료칸 직원의 배려는 거의 동급으로 아이에게 느껴지지 않았을까요. 그날은 태어나서 처음으로 엄마 옆에 붙어서 자지 않아도 되는 날이었습니다. 왜냐하면 배려의 상징인 이불이 있었기 때문입니다.

료칸에서의 경험은 심리적 만족감이 높습니다. 일본의 전통 료칸은 새로운 것을 체험하고자 하는 여행의 목적을 달성하기에 부족함이 없습니다.

다음 날 아침, 식사 후 온천가 산책을 하고 공항으로 가기 위해 짐을 쌌습니다. 호텔 로비에서 택시를 불러 달라고 요청하고 현관 앞을 무심코 보다가 또 한 번 제 눈이 휘둥그레졌습니다. 제 이름이 대문짝, 아니 대문보다는 작게 료칸 입구의

'환영'이라고 적힌 판에 떡하니 걸려 있는 것이 아닙니까!

료칸에 들어올 때는 보지 못했는데. 어쨌든 제 이름이 적힌 안내판을 보니 괜히 기분이 더 좋아졌습니다. 이 료칸에서 나를 이렇게까지 대접하고 있구나라는 생각이 들면서요. 다음번 일본 여행에서도 꼭 료칸에서 1박하고 싶다는 생각이 듭니다.

[2013.06]

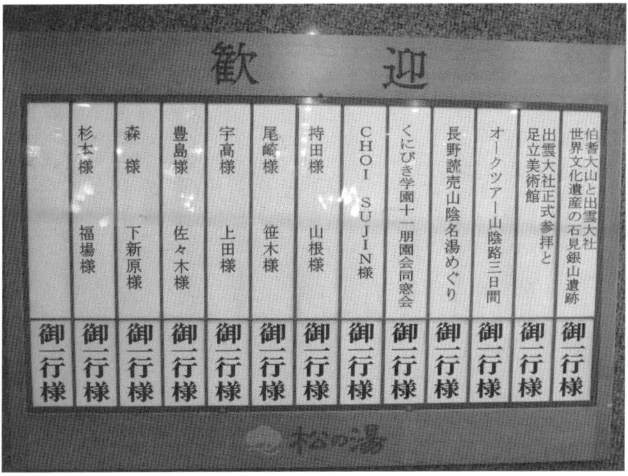

교토 니시키 시장의 비밀

1603년, 니시키 시장이 생겼다. 당시로서는 일본 최대, 최고의 시장이 교토에 생기자, 전국에서 내놓으라 하는 상인들이 니시키 시장과 교토에 들어와 터를 잡기 시작했다. 채소 장사, 생선 장사, 쌀장사, 부엌칼 장사, 어묵 장사 등등. 이 무렵 교토로 상경했던 상인들 중에는 오늘날까지 니시키 시장에서 장사를 하는 집안이 여럿 있다.

- 홍하상, 『일본의 상도』

2011년 12월 30일, 3박 4일의 간사이 여행 중 이틀째 일정으로 교토를 방문했습니다. 가기 전 여행 정보를 알아보니 니시키 시장에 마음이 끌렸습니다. '교토의 부엌'이라고도 불리는 니시키 시장은 도쿠가와 이에야스가 니조 성에 식자재를 공급하고 오사카 상권을 교토로 옮겨 오기 위해 1603년에 설치했다고 전해집니다. 화려한 역사적 배경을 가진 교토의 대표 시장으로 이 무렵 교토로 상경하여 니시키 시장에서 문을 열었던 상점 중 아직도 영업을 하는 곳이 여럿 있습니다. 왜 그리 유명한지, 관광객들은 왜 열광하는지 무척 궁금했습니다.

숙소가 있는 오사카에서 우메다 한큐전철 특급을 타고 교토 가와라마치로 향했습니다. 가와라마치 9번 출구로 나와 물어물어 드디어 니시키 시장에 도착했습니다. 다행히 휴일은 아니었습니다. 일본 여행할 때 주의해야 할 것이, 연말연시에는 쉬는 가게가 많아서 꼭 개점 여부 등을 알아보고 여행 일정을 짜야 합니다.

니시키 시장 입구에 들어선 순간 깜짝 놀라지 않을 수 없었습니다. 조금 충격을 받았습니다. 너무나도 깨끗했고 먹을거리가 엄청 다양했으며 신기한 물건이 많아서이기도 했지만 가장 놀란 건 바로 사람, 사람이 너무 많았습니다. 아무리 연말이라고는 하지만 어떻게 시장에 이렇게 많은 사람이 있을 수 있는지!

물론 니시키 시장의 폭이 무척 좁기는 합니다. 길이는 400여 미터, 폭은 2m가 채 안 됩니다. 한국의 작은 시장 골목을 연상하셔도 됩니다. 발 디딜 틈 없는 인파 속에서 아이를 안고 시장 구경은 무리여서 한번 쭉 눈으로만 보며 시장을 지나오는 것에 만족해야 했습니다.

자세히 보면서 시장을 즐기지 못한 것이 못내 아쉬웠습니다. "아니, 도대체 어떻게 재래시장에 이렇게 많은 사람이 올 수 있는 거지?"라는 물음이 여행 내내 머릿속을 떠나지 않았습니다. 그날 시장 구경은 포기하고 일행이 발길을 돌린 곳은 다름 아닌 백화점이었습니다. 재래시장이 붐벼서 백화점에 놀러 갔다는 이야기, 참 아이러니합니다.

니시키 시장은 교토의 음식 문화를 만끽할 수 있는 곳으로도 유명합니다. 볼거리, 먹을거리가 다양할 뿐만 아니라 마치 마트처럼 단정하고 깨끗해 기존 재래시장의 이미지에서 많이 벗어난 진일보한 시장 형태였습니다. 재래시장과 마트의 장점을 모두 갖추었다고 생각됩니다. 생각해보면 마트는 동선이 일정하지가 않아 넓을수록 비효율적으로 돌아다니게 됩니다.

하지만 동네 시장은 대부분 일직선입니다. 한번 쭉 다 훑으면서 지나가게 되니 쇼핑에는 더 효율적일 수 있습니다. 시장의 이런 장점에 마트처럼 깨끗하고 다양한 볼거리, 먹거리, 그리고 조금은 젊은 감각 등이 어우러져 있습니다.

전통과 역사도 큰 장점입니다. 니시키 시장의 사바스시(고등어 초밥) 가게 중에는 393년째 영업 중인 가게도 있고 주방용 칼 등 부엌 용품을 전문적으로 파는 '아리쓰구'는 1619년에 니시키 시장에서 개업하여 일본을 대표하는 칼 가게로 지금도 영업 중이라고 합니다. 녹차의 명산지 '우지'와도 가까워 녹차도 많이 팔고 화과자, 튀긴 콩 과자, 타코야끼, 유부, 두부 도넛, 두유 소프트아이스크림 등 바로 사 먹을 수 있는 먹거리도 다양합니다. 나이 든 분들도 젊은 사람들이나 아이들도 니시키 시장을 좋아할 수 있는 이유입니다.

[2013.07]

참고자료 : 홍하상,『일본의 상도』

(본문에 이 책의 내용을 참고로 하여 인용한 부분이 있습니다)

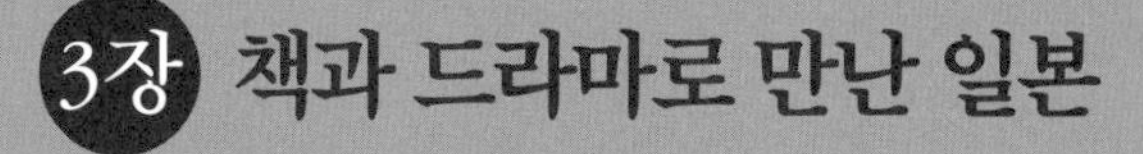

3장 책과 드라마로 만난 일본

일본 젊은 작가와의 만남, 『누구』의 아사이 료를 만나다

일본에서 노벨 문학상 수상이 유력한 작가로는 무라카미 하루키가 있습니다. 그런데 기자들이 집 앞에 안 몰려간다고 합니다. 이유는 수상 여부와 상관없이 절대 집 밖으로 안 나오기 때문이라네요. 무라카미 하루키는 공식적인 인터뷰는 거의 하지 않는 것으로 유명합니다. 한국에서 굉장히 인기를 끌고 있는 일본 유명 소설가 히가시노 게이고를 한국에 초대하려고 모 출판사가 추진했으나 돌아온 대답은 "글 쓰느라 바빠서 못 간다"였다고 합니다.

아, 이래저래 일본의 유명 작가들 얼굴 보기는 힘들구나 라고 생각하던 어느 날, 소설 『누구』로 최연소로 나오키 상[1]을 받은 일본의 젊고 촉망받는 작가 아사이 료가 한국에 온

1 나오키 상 : 아쿠타가와상과 더불어 일본에서 가장 권위있는 문학상으로 아쿠타가와상이 순수문학에 수여되는 반면, 나오키상은 주로 대중 작가의 통속 소설에 수여된다

다는 반가운 소식이 들렸습니다. 혹시나 하고 관련 출판사의 블로그를 방문했는데 방한 기념으로 한국 독자들과의 만남이 있다는 겁니다. 블로그에 참가자 신청 공지가 떠서 신청하고 운 좋게 초대받았습니다.

2014년 6월 21일, 압구정 디초콜릿 카페 2층에서 드디어 아사이 료와 한국 독자들의 만남이 있었습니다. 초등생 아들도 같이 데리고 갔습니다. 작가는 첫 한국 나들이였다고 하네요. 솔직히 저는 열렬한 팬은 아니지만 『누구』를 재미있게 읽어서 꼭 작가를 만나보고 싶었습니다.

일전에 어떤 책을 보니 책을 읽고 가능하다면 작가를 꼭 만나보라는 말이 쓰여 있었습니다. 작품에 대한 이해를 더 높일 수 있다면서 말입니다. 아사이 료와의 만남은 그 사실을 확인한 좋은 자리였습니다. 생각보다 많은 분이 참석했고 열렬한 팬도 몇몇 보여서 열기가 대단했습니다. 일본인도 많이 와서 질문도 하고 자리를 함께했습니다.

사실 한국과 일본의 사이가 이보다 더 안 좋을 수 없는 시기지만 작가와의 만남이 있던 그 장소에서 그건 남의 나라 이야기 같았습니다. 아사이 료는 정말 사진보다는 실물이 더 멋졌습니다. 참가한 팬 중 한 분이 실물이 더 멋지다고 작가에게 말했더니 “그런 말 많이 듣는다”고 말해 다들 웃었습니다. 전문통역사가 같이 참여, 베테랑 통역사의 포스를 유감없이 발휘해줬습니다.

아사이 료를 만나고 가장 인상적이었던 점은 무엇보다도 작가의 겸손한 모습이었습니다. 스스로 작가답지 않은 작가가 되고 싶다고 말해서 감동했습니다. 사실 그러기가 쉽지 않을 것 같은데 말입니다. 좀 잘난척해도 좋을 자리인데 그러지 않고 몸을 낮추면서 좋은 작품 쓰기에 최선을 다하겠다고 말하는 모습이 대단해 보였습니다. 대화의 자리가 끝나고 어쩌다 보니 첫 번째로 사인을 받는 영광을 얻었습니다.

사인받을 때도 어찌나 고개를 숙이고 저에게 인사를 하시는지 도리어 제가 몸 둘 바를 몰랐습니다. 사진을 같이 찍고 싶었지만, 너무 많은 분이 오셔서 그냥 사인만 받았습니다. 나중에 전해 들은 바로는 늦게까지 남으신 분들은 작가와 사진도 같이 찍었다고 해서 살짝 부러웠습니다. 사실 참여하기 전에는 이런 작가와의 만남으로 제가 무엇을 얻을 수 있을지 잘 모르겠다는 생각도 들었습니다.

하지만 역시 가기를 잘한 것 같습니다. 직접 만나서 작품에 대한 뒷이야기도 듣고 작가의 진솔한 모습도 볼 수 있었습니다. 작가에 대한 관심도 더 커졌고 앞으로의 작품활동도 더욱 기대됩니다. 아사이 료의 번역되지 않은 작품도 한국에 많이 소개되었으면 합니다.

[2014.07]

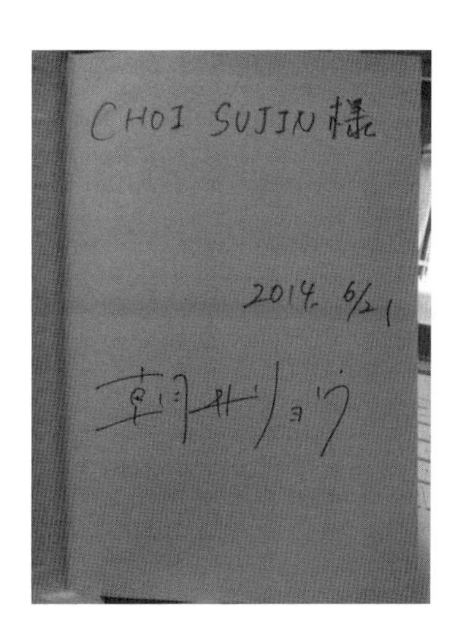

유홍준 교수의
나의 문화유산답사기 일본편

2013년 5월, 유홍준 교수의 『나의 문화유산답사기』 20주년 기념 강연을 들었습니다. 솔직히 그 당시 유홍준 교수의 책을 한 권도 읽어 본 적이 없었습니다. 강연 주제는 "문화유산을 보는 눈과 나의 글쓰기"였습니다. 즐겁고 유익한 강연이었습니다. 그 강연에서 나의 문화유산 답사기 일본편이 나온다는 사실을 알고 무척 기뻤습니다. 예약까지 하고 한참을 기다려서 드디어 나의 문화유산 답사기 일본편 1, 2를 배송받았습니다.

마침 책을 읽기 얼마 전, 『나의 문화유산답사기 일본편 1 : 규슈』에 등장하는 규슈 지역을 여행한 터라 더 흥미롭게 읽을 수 있었습니다. 재미는 물론 한국과 일본에 대한 균형된 시각으로 칭찬할 것은 칭찬하고 꾸짖을 것은 꾸짖어 주어서 속이 다 시원했습니다. 이런 책이 많이 나와야 한국과 일본 관계에 도움이 되고 두 나라 문화 발전 및 교류, 협력에도 큰 보탬이 될 것입니다. 일본의 유명 출판사인 이와나미서적에서 현지에 일본어로도 출간한다고 하니 일본 사람들도 많이 사서 읽었으면 하는 바람입니다.

일본편 1의 표지는 무척 아름답습니다. 책 표지의 무늬는 일본 전통의상인 기모노의 문양이라고 합니다. 도자기 사진도 멋집니다. 특히 감빛 '가키에몬'은 실제로 꼭 보고 싶은 도자기의 명작입니다. 책을 읽으면서 여행 다녀온 장소와 관련된 내용을 이야기해주니 초등학생 아들도 너무 재미있어합니다. 그래서 출간 얼마 후 열린 유홍준 교수의 나의 문화유산답사기 일본편 출간 기념 강연회에 아들을 데리고 갔습니다. 교수님의 친필 사인도 받고 강연도 재미있게 들었습니다. 아들에게도 좋은 경험이 되었을 것입니다.

지난 2014년 5월, 『나의 문화유산답사기 일본편 3 : 교토의 역사』가 출간되었습니다. 운 좋게 출판 전 가제본을 먼저 읽을 수 있었습니다. 마침 책을 읽은 직후에 교토 여행을 다녀왔습니다. 교토 아라시야마를 예전부터 가려고 마음먹고 준비했는데 교토편의 맨 처음에 아라시야마가 등장합니다.

아라시야마가 도래인 하타씨의 위업을 명확히 볼 수 있는 장소라는 것을 모르고 갔다면 여행의 감동은 훨씬 덜했을 것입니다.

나는 지금 교토 답사기를 쓰면서 독자들이 은연중에 유물과 유적을 통해 일본의 역사와 문화를 익힐 수 있기 바라면서 교토 이전의 광륭사부터 시작해서 헤이안시대의 동사, 연력사, 청수사, 그리고 후지와라시대의 평등원까지 서술했다. 답사기를 통해 내가 독자에게 말하고 싶은 입장을 한마디로 정리한다면 다음과 같다. 역사는 유물을 낳고, 유물은 역사를 증언한다.

- 유홍준, 『나의 문화유산 답사기 일본편 3 : 교토의 역사』

이 책을 계기로 일본 여행을 갈 때 꼭 문화적인 유물이 있는 장소를 여행코스에 넣고 미리 공부해서 보고 와야겠다고 결심했습니다. 책에는 역사적 사실 뿐만 아니라 예술품을 보는 방법, 답사의 여러 에피소드 등 너무나도 읽을거리가 많습니다.

여행을 가기 전 관련된 책을 읽거나 정보를 알고 간다면 여행이 더욱 풍요로워집니다. 아무 생각 없이 갔다면 놓쳤을 그 무언가가 있기 때문입니다. 적어도 규슈, 아스카, 교토를 여행한다면 유홍준 교수의 책 정도는 읽어보고 가면 좋습니다. 더 멋지고 기억에 남는 여행이 될 것임을 확신합니다.

[2014.06]

『축소지향의 일본인 그 이후』, 일본은 하나도 변하지 않았다

1991년 『축소지향의 일본인』이 일으킨 한·일 양국에서의 엄청난 반향 때문인지, 『축소지향의 일본인 그 이후』는 상대적으로 덜 알려진 것 같습니다. 하지만 최근에 이 책을 다시 읽고 두 가지 점에서 매우 놀랐습니다.

1994년, 지금으로부터 20년 전에 쓰인 이 책은 마치 『축소지향의 일본인』 속편 같지만 사실 그 이상이라고도 생각됩니다. 먼저 일본 문화를 신선하고 독특한 시선으로 분석했다는 사실, 그리고 이 책에서 이어령 선생이 일본에 던지는 메시지가 지금 이 시점에도 한 치의 오차도 없이 유효하기 때문입니다. 놀라움과 안타까움이 교차하는 사이, 책 한 권이 스르르 다 읽힙니다.

우리가 피상적으로 알고 있는 일본이 있습니다. 일본에 대한 무수한 이야기, 많은 사람이 관심을 보이는 특이한 문화 현상이나 흥밋거리들이 있습니다. 하지만 이 책의 모티브인 소설 『한 그릇 메밀국수』가 품고 있는 숨은 의미를 안다면 일본을 보는 시선이 변하고 새로운 인식의 세계가 열릴 것입니다.

일본인의 인식 저변에 흐르는 속내를 알지 못하고는 결코 일본을 안다고 할 수 없습니다. 이 책을 읽고 일본에 대해서 조금 안다고 생각한 자신이 부끄러워졌습니다. 일본인을 한때 감동의 도가니로 몰아넣었던 단 하나의 이야기에서 일본과 일본인의 정신을 이루는 특징을 뽑아내는 선생의 솜씨는 그 유려함에 넋을 잃을 정도입니다.

우리가 왜 굳이 이야기를 통해서건 어떤 방식으로든 일본의 속내를 알아야 할까요? 그것은 일본이 일으키는 과거와 최근의 수많은 국제 마찰의 원인이 결국 일본인 자신의 내부에 있기 때문입니다. 그렇기에 모든 상황은 단순히 끝나지 않았고 결국 오늘날 한국과 일본의 관계는 이 지경까지 오게 된 것입니다.

이 책에서 일본에 대해 이어령 선생이 문제로 지적하는 일들이 20년이 지난 지금도 여전히 진행형이고 아무것도 해결이 안 되었다는 것은 충격을 넘어 절망적이라고까지 할 만합니다. 일본이 자신을 돌아보지 않으면 다른 나라와 공생하는 동아시아의 미래는 없다고 해도 과언이 아닙니다.

이어령 선생이 가장 안타까워하는 것은 일본이 과거를 반성하고 새로운 패러다임을 만들어야 하는데 그렇게 하고 있지 못하다는 사실입니다. 선생이 1년씩이나 일본에 체류하며 명저 『축소 지향의 일본인』을 쓴 이유는 일본에 훌륭한 문화가 있었기 때문이라고 말합니다. 그리고 고바야시 잇사, 바쇼 같은 하이진(하이쿠를 짓는 이를 일컫는 말)들이 만든 하이쿠를 보면 따뜻하고 유머러스한 생명 경애의 델리케이트함이 보이는데 이런 문화가 그 명맥을 유지하지 못하고 사무라이와 조닌(상인) 계층 문화의 서번트가 되고 하찮은 것으로 생각되어 군사적, 경제적 방면으로 이용된 것을 안타까워합니다.

선생은 책에서 바쇼와 같은 하이진이 주도하는 문화적인 일본이 되리라 일본의 미래를 예상했는데 지금의 현실은 어떠합니까? 일본은 사무라이의 시대로 돌아가 버렸습니다.

이 책에서 예전에는 무지해서 잘 몰랐던 선생의 대단함이 가장 돋보이는 부분은 일본어에 대한 통찰입니다.

일본어, 특히 동사에 주목하여 거기 내재하는 역학을 분석해 보이는 경우이다. 이것은 같은 일본론이라고 해도 구미의 특파원, 경영학자, 또는 외교관이 쓴 것에선 도저히 기대할 수 없는 신기에 가까운 노릇이다. (…) 시학, 수사학을 공부하여 전문적인 학자가 되어, 가스통 바슐라르, 롤랑 바르트 등을 수월하게 읽을 수 있는 이 교수이니까 비로소 가능한 통찰일 것이다.

하가 토루라는 도쿄대학 교수이자 일류 평론가가 『축소 지향의 일본인』을 읽고 쓴 글입니다. 도저히 다른 사람은 쓸 수 없는 글이고 이어령 선생이기에 가능했던 통찰입니다. 하지만 지금 우리의 일본에 대한 연구는 어떠한지 스스로 물어보지 않을 수 없습니다.

일본을 알려면 꼭 읽어봐야 할 책은 『축소지향의 일본인』 그리고 『축소지향의 일본인 그 이후』입니다. 그리고 이 책들은 일본 사람들이 더 읽어야 할 책이기도 합니다. 최근에는 일본 TV에서 그 인기 많던 한류 드라마도 거의 다 사라졌습니다. 일본인들이 자신의 잘못을 꼭꼭 지적해 담은 책을, 그것도 한국 사람이 쓴 책을 찾아서 읽을 일은 없을 것 같아 안타깝습니다.

[2014.09]

에쿠니 가오리와 마스다 미리는 왜 한국에서 인기가 있을까?

한국에서도 많은 인기를 끌고 있는 수짱시리즈의 저자인 만화가이자 일러스트레이터, 에세이스트인 마스다 미리. 그녀의 만화와 글에 가장 공감하는 연령대는 30대 여성입니다. 그리고 한 가지 조건이 더 붙습니다. 결혼하지 않은. 물론 결혼한 여성들도 이 멋진 작가를 좋아합니다만 미혼 여성들의 지지가 더 열렬해 보입니다.

30대 여성은 2015년 현재 대한민국에서 문화 소비의 주역으로 떠오르고 있습니다. 마스다 미리의 책을 산다는 것, 그 자체가 문화를 소비하는 행위입니다. 한 한국 여성지에서 "30대 여자를 위한 힐링 만화"를 소개했는데 어김없이 마스다 미리의 작품이 한자리를 차지하고 있습니다. 『내 누나』라는 작품입니다.

에쿠니 가오리나 마스다 미리 같은 일본의 40대 여류 작가들이 왜 한국에서 인기가 많은지 한번 생각해봤습니다. 문학

전문가가 아니니 문학적인 부분은 전혀 모르겠고 그녀들의 공통점은 어렴풋이 보입니다. 작품을 읽어보면 '너무 솔직하다'는 생각이 듭니다. 여기서 작품은 에세이 한정입니다.

그녀들의 에세이를 읽어보셨나요? 마스다 미리는 '겨드랑이털을 영구 제모했다'라는 이야기도 에세이에서 거침없이 합니다. 에쿠니 가오리의 에세이 『당신의 주말은 몇 개입니까』도 너무 솔직해서 소름이 돋을 정도입니다. 결혼을 망설이는 여성이 읽는다면 결혼을 엎을 수도 있으니 상당한 주의를 요구합니다. 아, 남자란 생물은 한국이나 일본이나 다 비슷하다는 생각도 들고 그런 면에서 작가와 유대감이 느껴질 정도입니다. "이 사람, 혹시 밥 때문에 나랑 결혼한 거 아니야"라는 생각을 그녀도 하다니… 에쿠니 가오리의 남편도 어지간합니다.

"아니, 이런 걸 책에 다 까발려서 이 작가 이혼당하는 거 아냐?"라는 걱정이 들었는데 맺음말에 남편이 무슨 말을 써도 상관없다고 했다며, 남편에게 감사하다고 쓰여 있습니다. 하긴, 이렇게 쓴 걸 출판하고 해외에도 널리 번역되어 출간되게 해 준 남편이라면 의외로 시크하고 마음씨 넓은 남자일지도 모릅니다.

사실 문화라는 것은 "미술, 음악, 건축" 이런 것만을 의미하지는 않습니다. 실제 일본인들이 어떤 생활을 하는지를 들여다보는 것이 일본 문화에 대한 이해를 가장 높게 해줍니다.

마스다 미리와 에쿠니 가오리의 에세이는 일견 평범하지만 유명 작가이기에 다른 사람이 보기에는 조금 특별할 수도 있는 일상이 잘 녹아있습니다. 작가를 좋아하는 사람들이라면 훨씬 더 흥미로울 수 있는 내용이 가득합니다.

어떤 분이 블로그에 쓴, "에쿠니 가오리와 마스다 미리는 평범한 일상을 사랑스럽게 바라볼 수 있도록 해주는 글을 쓴다"라는 글에 100% 공감합니다.

[2015.02]

김현구 교수의 일본 이야기

1993년에 출간된 전여옥의 『일본은 없다』는 당시 굉장한 화제여서 많은 분이 읽어보셨을 겁니다. 최근에 대법원에서 표절 판결이 나서 충격을 주기도 했습니다. 그런데 3년 후 출간된 『김현구 교수의 일본 이야기』도 알고 계시나요?

1996년에 초판이 나와 출간된 15년이 지났지만 지금 읽어도 세월의 흐름과 무관하게 일본에 대한 다양한 정보를 얻을 수 있습니다. 저자의 일본 유학 생활 경험과 연구를 바탕으로 일본의 역사, 정치, 사회 등 다양한 분야에 걸쳐 일본을 이해하는 데 도움이 되는 내용이 책에 담겨있습니다.

『일본은 없다』는 지나치게 개인의 편향된 시각이라는 비판을 받았지만 『김현구 교수의 일본 이야기』는 객관적인 시각을 유지하려고 노력합니다. 저자는 머리말에서 다음과 같이 말하고 있습니다.

일본적 특성들이 역사적으로 어떻게 생겨났는가 하는 점만을 설명하고 일체의 가치 판단은 유보함으로써 일본 사람들이 좋고 나쁨을 떠나서 그들의 행동과 사고의 바탕을 이해할 수 있도록 노력했다.

내용을 보면 현재 우리가 알고 있는 일본에 대한 상식이나 지식의 대부분이 이 책에서 나온 것이 아니냐는 생각이 들 정도입니다. 특히 눈에 띄는 내용이 있습니다.

2011년 3월 동일본 대지진과 쓰나미 참사에서도 '매뉴얼이 없어서' 대응이 느렸고 문제가 더 커졌다는 사실을 많이 알고 계실 겁니다. 일본은 '매뉴얼 사회'라고 불립니다. 매뉴얼에 있는 일이 일어나면 잘 대처하지만 매뉴얼에 없는 사건이 터지면 어떻게 대처해야 할지 모릅니다. 주목해야 할 것은 유사한 사례가, 그러니까 매뉴얼이 없어서 일이 커진 예가 1995년 발생한 고베 대지진에서도 있었다는 사실입니다.

책 내용에 의하면 고베 대지진에서 불이 났는데도 수도전 담당자가 수도전을 풀지 않고 계속 막아 놓아 화재가 커졌다고 합니다. 원래 일본에서는 지진이 발생하면 자동으로 수돗물 공급을 중단하게 되어 있다고 합니다. 나중에 문제의 담당자에게 왜 그랬냐고 물어보니까 수도전을 잠그는 것은 자기 책임이지만 푸는 것은 자기 책임이 아니다, 윗사람으로부터 지시가 없었다는 대답을 했다고 합니다. 주어진 일은 열심히 하지만 지시가 없으면 움직이지 않습니다. 매뉴얼대로 했다는 거죠. 그 이상은 판단도 행동도 안 하고 하지도 못합니다.

몇십 년의 세월이 흘러도 일본 사회를 관통하는 기본적인 개념에는 변화가 없다는 사실은 우리가 일본을 알고 연구하는 데 좋은 실마리를 던져줍니다. 단순히 일본이 있느냐 없느냐가 중요한 것이 아니고 그들의 행동과 사고의 바탕을 알아야 합니다. 이 책에서는 어느 정도 균형된 시각을 가지고 바라본 일본과 일본인에 관한 내용을 접할 수 있습니다. 마지막으로 김현구 교수의 말을 인용해봅니다.

> 일본의 행동과 사고의 바탕을 이해하는 일이야말로 감정적인 비판으로 일관하거나 눈앞의 이해관계만을 중시하는 태도를 모두 극복하고, 과거의 잘못된 역사를 되풀이하지 않으면서 상호발전을 위해서 진정하게 협력할 수 있는 바탕을 만드는 출발점이 된다고 생각한다.

[2012.07]

드라마 <오센>과 오카미상,
그리고 스키야키

대낮에도 기분 내키면 목욕을 즐기고 술이라면 사족을 못 쓰며 특유의 미적 감각으로 골동품을 보는 눈이 탁월하다. 교토 사투리를 쓰고 항상 기모노를 입고 있으며 요리 솜씨 또한 일품!

바로 일본 드라마 <오센>의 주인공이자 전통 일본요릿집 '잇쇼우안'의 오카미(여주인)인 오센(아오이 유우 분)에 대한 짧은 소개입니다. '오카미'란 요릿집이나 료칸의 여주인을 뜻합니다. 실제로 주인 역할도 하고 얼굴마담 역할도 하는 존재로 종종 일본 드라마에 주인공이나 조연으로 등장하는 모습을 볼 수 있습니다.

드라마 <오센>의 배경이 되는 천하의 요릿집 잇쇼우안은 사람들에게 '아는 사람은 다 아는 숨겨진 명물'이라 일컬어집니다. 잇쇼우안은 전통과 격식을 따집니다. 된장도 모두 직접 담그고 심지어 된장 담그는 콩도 하나하나 눈으로 보며 선별합니다. 채소도 직접 밭에서 기릅니다. 밥도 짚으로 불을 때서 가마솥에 짓습니다. 시대에 뒤떨어진 방식을 고수하고 수지 맞추기도 어렵지만 전통을 지킨다는 초심을 잊지 않으려 노력합니다.

그러던 어느 날, 잇쇼우안은 2호점을 내라는 제안을 받습니다. 과연 오센의 선택은? 이 궁금증은 잠시 뒤 해소하고….

이처럼 드라마의 주인공이 될 만큼 오카미상은 눈에 띄는 존재입니다. 아니, 대단히 매력적으로 일본 문화를 알리는 역할을 합니다. 얼마 전에 갔던 일본 여행에서 우리 일행이 묵었던 료칸은 우레시노(일본 사가현 서부에 있는 시) 최대 규모로 에도 시대부터의 역사를 자랑하는 '와타야벳소'였습니다. 이 료칸을 선택한 이유 중 하나는 오카미상 때문이었습니다.

여행가이드 책에 와타야 벳소 오카미상 사진이 실려 있었는데 무척 인상적이었습니다. '아, 저곳에 가면 드라마에서나 보던 오카미 상을 만날 수 있겠구나'라는 기대감은 증폭되었습니다. 결론부터 이야기하면 저는 와타야벳소의 오카미상 그림자도 볼 수 없었습니다. 우리를 반긴 건 검은 정장을 말쑥하게 차려입은 지배인과 남자 직원들이었습니다. 물론 지배인은 더할 나위 없는 친절과 배려, 품위로 저를 감동하게 했지만 오카미상을 못 만난 것이 유난히 아쉬웠습니다.

다시 오센의 이야기로 돌아가서, '돈을 벌 수 있다, 많은 사람에게 이곳의 맛을 보여주고 싶지 않은가'라며 다이바 상(2호점 출점을 기획한 사람) 일행은 오센과 주방장을 설득하려 합니다. 하지만 돌아오는 대답은 시큰둥합니다. 잇쇼우안의 주방장은 "가게의 맛이라는 건 요리인의 솜씨만이 아니다"라는 이해 못 할 말만 하며 시내 중심가에 대박집을 내고 싶어 하는 사람들을 안달이 나게 만듭니다. 드디어 오센은 2호점 출점에 대해 결심한 듯 다이바상 일행을 식사에 초대합니다. 이 날의 메뉴는 바로 '스키야키'였습니다.

스키야키는 잇쇼우안의 메뉴에도 나와 있지 않고 아무도 오센이 스키야키 만드는 모습을 본 적이 없었습니다. 스키야키는 샤부샤부와 비슷하지만 육수에 익혀 먹는 것이 아니라 팬에 구워서 소스에 찍어 먹습니다. 대표적인 일본 음식 중 하나로 누구나 좋아하는 인기 메뉴입니다. 너무나도 만족스러운 식사를 하고 감동한 다이바 상은 왜 이렇게 맛있는 음식을 가게에 메뉴로 내놓지 않느냐고 묻습니다.

오센의 대답은 "스키야키는 옆에 사람이 꼬박 붙어있지 않으면 안 되니까"였습니다. 즉, 오카미상인 오센이 없으면 잇쇼우안은 제대로 된 음식 맛을 낼 수가 없다는 사실을 스키야키라는 음식을 통해 자연스럽게 전달한 것입니다.

조금만 인기 있으면 프랜차이즈 출점에 나서는 일반적인 트렌드와는 완전히 상반된 이야기입니다. 주인이 지키는 가게와 그렇지 않은 가게가 얼마나 다른지 잘 아실 겁니다. 잇쇼우안의 특제 스키야키는 하나에서 열까지 오카미의 손길이 닿아야 제맛을 낼 수 있는 대표적 음식이었습니다. 오센은 이 요리를 대접하면서 자연스럽게 사람들에게 깨달음을 줍니다.

요리의 맛을 결정하는 건 의외로 고객에 대한 마음가짐, 배려일지도 모릅니다. 2호점에는 오카미인 오센이 없습니다. 만약 인기 있다고 계속 출점했다면 잇쇼우안은 그냥 그렇고 그런 흔한 요리점 중의 하나로 전락했을 것입니다.

그나저나 와타야벳소에서 오카미상을 만나려면 어떻게 해야 했나 불현듯 궁금해집니다. (그녀는 정말 존재하는 걸까요?) 비싼 방을 예약했다면 만날 기회가 있었을 것인가라는 생각도 듭니다. 제가 묵었던 방도 절대 싸지는 않았습니다. 가장 싼 방이 1박에 14,000엔부터였고 사람 수 만큼 요금을 받으니까 말입니다. 저는 오카미상이 스키야키를 구워 주는 것까지 바란 것도 아니고, 단지 얼굴을 보고 싶었지만 못 만나고 왔네요. 여행가이드 책에 사진만 없었어도 별 기대를 안 했을 텐데 말입니다. 오카미상이 없어도 온천욕도 하고 가이세키 요리(일본의 고급 코스 요리)도 먹었지만 뭔가 빠진 느낌이 드는 건 어쩔 수가 없습니다.

<오센>은 창업하실 분들이 보면 좋은 드라마로 많은 사람이 추천합니다. 좋은 가게, 좋은 음식점, 좋은 서비스가 무엇인지 다시 한번 생각하게 해 줍니다. 우리가 오센 같은 드라마에 열광하는 이유는 어쩌면 잇쇼우안 같은 가게가 현실에서는 실현 불가능하다고 생각하기 때문은 아닐까요?

[2013.06]

교토는 일본이 아니다?
『생활 속의 일본 문화』

『생활 속의 일본 문화』는 1988년 7월에 일본에서 출간한 『身辺の日本文化』(講談社)를 번역한 책으로 한림원 일본학 총서 24번째 책입니다.

저자인 다다 미치타로(多田道太郎)는 교토대학 출신의 불문학자로 보들레르 전문이며 대중문화, 관서문화(오사카, 교토 등), 일본인론에 대한 다수의 평론을 쓴 것으로 유명합니다. 이 책도 그 연장선에 있는 것으로 보입니다.

책은 지루하리란 선입견과 달리 잘 읽힙니다. 재미있는 에피소드도 많아서 읽다가 깔깔 웃기도 했습니다. 분명 생전에 유머 감각이 있는 분이었을 것 같네요. 안타깝게도 2007년에 타계하셨습니다.

일본인의 미(美)의식에 대한 이야기가 이 책의 핵심입니다. 저자는 일본의 종교심이 미학이 되고 미학은 일상생활이 되어 생활 구석구석까지 무의식의 영역 속에 널리 펴져 있다고 말합니다.

일본인의 생활 곳곳에 있는 어떤 공통점, 예를 들면 노렌(상점 입구에 치는 막이나 가정에서 칸막이로 쓰는 천)에는 왜 시마자키 도손의 시가 적혀 있는가 하는 것들을 궁금해합니다.

가장 흥미 있게 읽은 내용은 '번화가 속의 미'입니다. 저자는 일본에 왔던 브라질 학생에게 일본에서 가장 그리운 것이 무엇인가 물었습니다. 교토에 있는 '시조가와라마치'가 가장 그립다고 대답하는데 그 이유가 재미있습니다. '모든 것이 있기 때문'이라는 겁니다. 즉 쇼핑, 물건을 사는 데 편리하다는 이야기였습니다. 저자는 이 유학생이 에비스나 도톤보리를 보았다면 좀 더 감격했을 거라고 말합니다.

책에서 재미있었던 내용을 좀 소개하면 오사카 사람들이 교토에 오면 음식이 맛도 없고 양도 적어서 정말로 한탄을 하며 이런 이유로 오사카 사람들은 거드름을 피우며 좀처럼 교토에 가지 않는다고 말합니다. 오사카에는 싸고 맛있는 음식이 얼마든지 있기 때문이죠.

또한 일본인이 보티첼리나 밀레의 그림을 특히 좋아하는데 이런 것도 연구하지 않으면 안 된다고 말합니다. 노렌 이야기는 앞에도 나왔지만 시마자키 도손뿐 아니라 미야자와 겐지의 글도 노렌에 자주 등장하는데 왜 이런 것인지 저자는 궁금해합니다.

도리이가 붉은색인 것도 중국의 영향이고 다 역사가 있다고 하네요. 이러한 어떤 일본만의 특이한 현상에 대해 그 너머에 있는 상징성을 파악해야 미를 이해할 수 있다고 주장하는데 저도 크게 공감했습니다.

저자는 교토 사람으로 가쓰라리큐(가쓰라 이궁, 일본 교토 서쪽 외곽에 있는 17세기 초에 만들어진 일본 황족의 별장으로 일본 건축과 일본 정원의 전형을 잘 보여주기로 유명하다)를 일본 미학 중에서 최고로 여긴다고 말합니다. 가쓰라리큐에 대해서는 『나의 문화유산답사기 일본편 4 : 교토의 명소』에서도 다루고 있는데 유홍준 교수도 마찬가지로 극찬을 하며 일본 정원의 백미로 소개하고 그 이유에 관해 설명합니다. 일본 미학을 대표하는 곳임이 틀림없어 보입니다.

그런데 중요한 것은 '왜 그런 것일까'라는 물음일 것입니다. 이런 물음에 자신이 생각한 답을 말할 수 있을 때 그 지식은 살아있는 진짜가 아닌가 합니다.

저자는 교토는 일본이 아니라고 말하고 교토는 유럽의 오래된 거리와 마찬가지로 유산만을 먹는 거리, 얼어붙은 거리라고도 말합니다. 하지만 이 말은 교토에 대한 칭찬이자 자부심으로 보입니다. 오사카나 도쿄는 (다른 나라 사람들이 보는 관점에서) 너무 일본적이어서 이상하지만 교토는 일본적이지 않기에 도리어 세계에서 통하는 도시라고 주장합니다. 일반적으로 교토에 대해 우리가 가지는 이미지는 '일본적이다'인데 도리어 교토가 일본적이지 않다니 참 재미있습니다. 실제로 교토가 전 세계 사람들의 사랑을 받는 도시라는 사실을 생각하면 꽤 그럴듯하게 들리기도 합니다.

'한림신서 일본학총서'는 정말 대단한 시리즈라고 생각합니다. 사실 한국에는 일본에 대한 전문 서적이 많이 없습니다. 제대로 공부하려면 일본 원서를 볼 수밖에 없습니다. 하지만 아무리 외국어가 뛰어나도 자국어로 된 책을 읽는 편이 훨씬 쉽고 편합니다. 그런 점에서 일본학 총서 시리즈는 가뭄의 단비 같은 좋은 번역서입니다. 내용의 수준, 번역의 질도 뛰어납니다.

『생활 속의 일본 문화』도 내용이 알차고 일본에 관한 몰랐던 지식을 많이 알게 해주었습니다. 앞으로도 이 시리즈에서 좋은 책들을 많이 소개해줬으면 하는 바람입니다.

[2014.11]

4장 일본의 장인 정신

일본 료칸의 품격은 장인정신에서 온 것

홍하상의 『일본 뒷골목 엿보기』에 나오는 1535년에 개업한 '신토야 여관'(우리의 여관이 아닌 고급 숙박시설인 료칸을 의미. 이하 료칸) 에피소드를 무척 재미있게 읽었습니다. 일본 간사이 지방인 '나라'에 간 작가는 인근에서 가장 오래된 료칸을 수소문해 찾아가지만 료칸 주인의 "누구 소개로 왔느냐"는 한마디에 '아차!'라고 생각합니다. 교토에도 단골이거나 소개를 받지 않으면 숙박이 어려운 료칸이 있다는데 작가가 간 곳도 나라에서 꽤 유서 깊은 료칸이었나 봅니다.

결국 숙박은 못 하고 료칸 구경만 하게 되는데 아무나 손님으로 받지 않는 이유가 있었습니다. 집 안에 있는 물건 하나하나가 모두 문화재급이었던 것입니다. 그런데 나중에 알고 보니 이 료칸 주인의 조상이 임진왜란 때 조선에 출정했고 이 사실을 작가가 한국 사람인 줄도 모르고 자랑하더랍니다. 그 말을 듣고 오싹해져서 공짜로 재워준다고 해도 다시 가고 싶은 마음이 싹 사라졌다고 합니다.

홍하상 작가가 교토를 찾았을 때는 여기저기 줄을 대서 겨우 교토의 한 료칸에 가게 됩니다. 그런데 료칸 입구에서 직원에게 심문을 당합니다. 어디서 왔으며, 누구의 소개로 왔는지, 무슨 일을 하는지, 교토에 온 목적은 무엇인지… 기가 막혔지만 같이 간 일본인이 열심히 질문에 대답하고 결국 숙박하게 되었습니다. 놀랍게도 숙박계를 내주면서부터 종업원의 태도가 돌변했다고 합니다. 입가에는 미소가 떠나지 않았고 정중하면서도 친절한 태도를 보였습니다. 정말일까 싶을 정도로 놀라운 이야기입니다.

유홍준 교수도 『나의 문화유산답사기 일본편 4 : 교토의 명소』에서 교토에서의 료칸 경험담을 들려줍니다. 교토의 다와라야 료칸은 300년 전통에 11대째 이어오고 있는 유서 깊은 곳입니다. 답사기를 쓰려고 어찌어찌 예약해서 이틀 묵었다고 합니다. 다다미에 침구 깔기는 거의 설치미술이었다는 대목에서 저는 심하게 공감했습니다. 실제로 료칸에서 직원이 이불 까는 모습을 보면 이 말이 충분히 납득됩니다. 이불을 그냥 까는 것이 아니고 일일이 새로 빤 시트로 요를 덮고 모서리는 또 안으로 집어넣고…. 날이라도 더우면 땀을 뻘뻘 흘

리면서 사람 수만큼 다 깝니다. 일본 료칸의 이불은 다 1인용이니까요. 료칸의 가구와 꽃병, 재떨이까지 앤티크고 조선 시대 반닫이, 탁자, 서안도 많았으며 조선 분원 백자병에 꽃꽂이한 장식도 있었다고 합니다.

> 여관집이면서도 내용과 형식 모두가 최고와 최선을 지향하는 장인정신을 보는 듯했다. 일본인들이 오직 한 가지만 잘해도 사회적으로 인정받고 자신의 삶에 보람을 느끼며 사는 전통은 아주 오래전부터 생겼다. (…) 내가 일본에서 가장 배우고 싶은 문화는 바로 이것이다.
>
> - 유홍준, 『나의 문화유산 답사기 일본편 4 : 교토의 명소』

료칸에서 손님을 가려 받는다는 것은 어찌 생각하면 오만이지만 다르게 생각하면 "최소한의 예의를 갖춘 정상적인 고객에게만 우리는 최선을 다한다"는 의미입니다. 이상한 손님에게 시간과 노력을 빼앗길 위험을 사전에 차단해야 료칸에 온 '진짜 손님'을 최선을 다해 잘 모실 수 있을 겁니다. 료칸에 문화재와 귀중한 물건이 많은 것도 아무나 손님으로 받기가 쉽지 않은 이유일 듯싶습니다.

일본 료칸은 일본 관광에서 빠질 수 없는 매력적인 상품입니다. 일본 료칸에서 일본의 장인정신을 느끼고 감동한다는 것은 우리도 장인정신을 소중히 하고 그런 문화를 만들어가고 싶다는 바람이 있기 때문입니다. 부족한 것은 배우고 채워서 우리 것을 더 살찌우는 지혜가 필요합니다.

[2014.11]

일본 장인정신과
콘셉트의 힘

콘셉트란 단어에 익숙하신가요? 컨셉이라고도 많이 말하는데요, 주변에 특이한 개성을 가진 사람에게 보통 이렇게 말합니다. "쟤는 저게 컨셉이야." 대체로 좋은 뜻으로 쓰이는 듯합니다.

이 콘셉트와 관련해서 최근에 주목을 받은 회사가 있습니다. 바로 무인양품(無印良品) 입니다. 보통 '무지'라고 많이 부르는데 무인양품의 일본식 발음이 '무지루시료힝'이기에 줄여서 무지라고 부릅니다.

2000년 말, 처음 일본에 갔을 때 본 무인양품은 신선하다, 깔끔하다는 느낌이었습니다. 당시에는 유학생이라 돈이 없어서 구경만 하는 처지였다가 취직하고 일본 출장 다니면서 하나둘 무인양품의 물건을 사보았습니다. 한국에도 진출해서 인기가 많습니다. 점점 집에 무인양품 제품이 늘어가는 것을 보고 "왜 무인양품은 인기가 있을까?"라는 의문이 생겼습니다. 한국에 사는 일본 친구들도 일본에 가면 꼭 무인양품에 가서 뭔가 사 들고 옵니다. 멈출 수 없는 그 매력의 힘은 과연 무엇일까요? 무인양품에 관한 책을 찾아보다가 『무인양품은 왜 싸지도 않은데 잘 팔리는가』를 읽게 되었습니다.

책의 내용은 "콘셉트의 힘은 대단하다!"로 요약될 수 있습니다. 그러면 무인양품의 콘셉트는 과연 무엇일까요?

바로 '이것으로도 좋다' 입니다.

저자인 크리에이티브 디렉터 에가미 다카오는 '~으로도'라는 말에 응축된 무인양품의 콘셉트는 일본기업이 만들어낸 수많은 콘셉트 중에 최고 걸작이라고 말합니다. 이러한 콘셉트가 고객에게 주는 메시지는 '모든 무인양품 상품이 필요 충분한 품질, 사용의 편리함, 적절한 가격으로 제공되고 있다는 믿음을 준다'라고 합니다. 우리는 무인양품의 상품이 싸든 비싸든 '적절한 가격, 정당한 가격'이라고 무의식적으로 인정하고 있으며 이것이 바로 콘셉트의 힘이라는 것이지요.

재미있는 건 콘셉트가 중요하다는 사실뿐 아니라 일본 장수 기업의 특징과 이 콘셉트가 상당히 깊은 관련이 있다는 점입니다. 책에서 예로든 창업 500년을 자랑하는 일본전통과자 회사 '도라야'의 경영이념은 '맛있는 일본과자를 즐겁게 드실 수 있게 하는 일'입니다. 도라야의 일본전통과자 완성도를 보면 어떠한 타협도 없다는 것을 알 수 있는데 이런 타협 없음과 함께 상품에 진심을 담을 때 콘셉트의 힘은 극대화된다고 합니다.

예전에 일본 잡지 'mono' 에서 <특집, 일본의 걸작품>이라는 주제를 다루었습니다. 일본의 자랑할 만한 제품에 대한 소개가 주요 내용이었습니다. 여러 상품 중 제 눈길을 끈 것은 '테이프 커터'였습니다. 문방구에 가면 플라스틱으로 된 테이프 + 테이프 커터를 천원 정도면 살 수 있습니다. 3M 제품이 가장 잘 알려져 있죠. 그런데 mono에 실린 테이프 커터는 무려 그 가격이 16,800엔(한화 16만 원 정도)이었습니다.

이 제품의 특징은 일본의 전통공예 기술로 만들어졌고 재질이 쇠입니다. 주목해야 할 것은 이 문구를 만든 '카르 사무기'라는 회사입니다. 1929년에 창업한 이 회사의 콘셉트를 안다면 이 제품이 그 전과는 조금 다르게 보일지 모릅니다. 바로 '100년을 쓸 수 있는 문구를 만든다'가 회사의 모토입니다. 테이프 커터의 모양은 주전자를 닮았습니다. '차도(茶道)의 정신을 현대 문구에 재현한 테이프 커터'라고 하네요.

사진으로만 봐도 보면 정말 100년은 쓸 수 있을 것처럼 생졌습니다. 플라스틱 테이프 커터는 쓰다 보면 케이스도 깨지고 날도 무디어집니다. 그럼 버리고 다른 걸 또 사죠. 솔직히 16만 원은 테이프 커터기를 사기에는 상당한 금액이지만 죽을 때까지 쓸 수 있다면 구매를 생각해볼 수도 있을 듯합니다. 이것이 바로 콘셉트의 힘입니다.

일본의 오래된 기업, 시니세(100년 이상의 전통이 있는 가게)들은 확고한 신념과 콘셉트가 확실하다는 사실, 물건을 만들거나 서비스를 제공하는 일을 한다면 한 번쯤 생각해봤으면 좋겠습니다.

[2014.12]

일본 화과자 이야기

일본에서 가장 오래된 화과자 점인 '이치와'는 1000년에 창업했고 오사카의 대표 과자가게 '스루가야'는 1461년경 창업해서 500년이 넘은 역사를 가지고 있습니다. 이 스루가야의 목표는 '지역의 문화와 사계절의 풍경을 표현하는 과자'라고 합니다. 스루가야는 과거 다 같이 못 먹고 못 입던 시절에 흉년이 들었을 때 사람들이 돈이 없어도 화과자를 먹고 싶어 한다는 것을 알고 10개들이 한 상자를 살 수 없었던 고객에게 단 한 개의 과자도 예쁘게 포장해서 팔았다고 합니다.

- 홍하상, 『오사카 상인들』

500년, 1000년 된 과자 가게라니, 찾아가서 과자를 먹어보고 싶어집니다. 전통의 맛이란 어떤 것일까요?

일본에서 역사는 그리 길지 않아도 많은 화제를 뿌리는 과

자점이 있습니다. 1951년 창업한 '일본 최고의 양갱 가게'인 오자사(小ざさ)는 양갱과 모나카(最中, 찹쌀과 팥소를 넣어 만든 얇게 구운 과자) 딱 2종류만 팝니다. 특히 매일 150개만 한정 판매하는 양갱을 사기 위해 고객들은 지난 40여 년 동안 매일 새벽 4~5시부터 기다립니다. 근처에서 전날 숙박하고 새벽 일찍부터 행렬에 가담하는 관광객도 있다고 하네요. 저도 여건만 되면 양갱을 사기 위해 줄을 서보고 싶습니다.

이나가키 아츠코 사장은 "고교 졸업 후 60년간 휴일 없이 일했다"라고 말합니다. "하루에 양갱 150개만 만들어 판다는 원칙을 하루도 어기지 않았다"라며 "양갱을 못 사고 돌아가는 고객에겐 미안하지만, 품질 관리를 위해 어쩔 수 없다"라고 말합니다. 사장의 집념도 대단하지만 오래된 것의 가치를 알아보고 찾아주는 손님이 있기에 가게가 계속 존재할 수 있다는 사실에 더 눈길이 갑니다.[1]

> 어려운 기술도 필요 없어. 하나라도 쓸데없는 일은 없어. 여기서 매일 하는 일에 적당히 해서 괜찮은 일은 하나도 없어. 그게 장인의 일인지도 몰라.

1 〈조선일보〉, 日 최고의 양갱가게 '오자사' (2012.08.25)

화과자 장인이 되기 위해 주인공이 노력하는 드라마 <안도나츠>에 나오는 대사입니다. 양갱은 재료가 팥, 설탕, 한천 딱 세가지 입니다. 만드는 건 어쩌면 간단한 일인지도 모릅니다.

하지만 매일매일 최선을 다해 최고의 맛을 내기 위해 노력하고 여기에 조금이라도 미치지 못하면 가게 문을 닫고 물건을 팔지 않습니다. 타협 없음과 함께 상품에 진심을 담습니다. 이런 과자는 도대체 어떤 맛이 날까요? 궁금하지 않으십니까? 일본의 최고 스시 장인 오노 지로도 가업을 잇는 아들에게 충고합니다.

평생 이 일을 반복할 필요가 있다. 그것이 가장 중요하다.

이 반복은 그냥 반복이 아닙니다. 소설가 김탁환의 말대로 "정성을 다하는 반복"입니다.

단순해 보이는 일이지만 그 안에는 무한한 노력과 태도에 대한 철학, 그 누군가가 하루아침에 넘볼 수 없는 깊이가 있습니다. 눈에 확연히 보이지는 않습니다. 하지만 정작 중요한 것은 눈에 잘 안 보이는 법이지요. 우리는 너무 눈에 보이는 것에만 가치를 두고 치중하는 경향이 있습니다. 이것이 한국에서 전통 있고 사랑받는 가게가 많지 않은 이유인지도 모릅니다.

[2015.03]

미야자키 가마아게 우동집
이와미

약간 한숨을 쉬는 듯 보이기도 했습니다.

"지금부터 해도 15분에서 20분 걸립니다."

수많은 식당에서 음식 주문이란 행위를 해왔지만 주문을 했는데 거의 시키지 말라는 뉘앙스로 주인이 답을 한 것은 그때가 처음이었습니다. 약해지는 마음을 다잡고 용기를 냅니다. 저도 질 수는 없죠. 유명하다는 우동, 꼭 먹어봐야겠습니다. 배도 다 안 찼고.

"괜찮습니다. 자루 우동 하나 주세요."

일본 규슈 남동쪽, 아름다운 아열대 도시 미야자키. 미야자키의 유명 관광지 아오시마에서 한 우동집을 찾아갔습니다. 호텔에서 직원이 준 관광 안내 지도를 보고 무작정 찾아갔습니다. 아오시마 해변에서 해수욕하며 2시간 넘게 놀다가 출출해진 배를 잡고 우동집으로 향했습니다. 해변에서 걸어서 10분 거리였습니다. 도착한 때가 오후 3시.

식사 시간을 좀 비껴간 때라 사람이 많지 않았습니다. 저희가 들어갔을 때 막 한 팀이 나가고 옆 테이블에 한 무리의 손님이 있었습니다. 우리 일행은 저와 아들, 딸 이렇게 셋이었습니다. 키츠네 우동(유부 우동), 타누끼 우동(튀김 부스러기가 들어간 우동), 유부초밥 세 개를 시켰습니다. 먼저 나온 유부초밥을 하나씩 집어 들었습니다. 유부초밥은 크기와 볼륨감이 남달랐고 맛도 기가 막혔습니다.

주문한 지 15분이나 지났는데 우동이 안 나왔습니다. 손님도 별로 없는데 이상하다고 생각했습니다. 유명한 가게인 듯 곳곳에 방문한 연예인과 주인아저씨가 같이 찍은 사진과 사인이 걸려있습니다. 이리저리 보다가 테이블 바로 옆 안내문이 그제야 눈에 들어옵니다.

「저희는 면을 주문받은 후에 삶습니다. 그래서 15~20분 정도 걸립니다」

아, 이걸 몰랐구나! 느긋하게 기다려봅니다. 긴 기다림 끝에 나온 우동은 역시나 말로 표현이 안 되는 색다른 맛이었습니다. 일본 우동 특유의 쫄깃한 식감도 좋았지만 무엇보다 신선한 맛이 일품이었습니다. 역시 기다린 보람은 있었습니다.

반찬은 박하기 그지없습니다. 쯔께모노(채소절임)로 무 한

쪽, 오이 한 쪽이 다입니다. 그나마 아이들이 안 먹으니 제가 다 먹었습니다. 다 해봐야 6조각이지만 말입니다. 우동도 양이 좀 적어서 아무래도 더 시켜야 할 듯했습니다. 시간은 걸리겠지만 우리는 시간이 아주 많은 여행자였으니까요.

관광안내소에서 받은 자료를 보니 이 '이와미(岩見)'라는 우동집은 가마아게 우동으로 유명하다고 쓰여 있었습니다. 사진을 보니 자루 우동처럼 생겼기에 그런가 보다 하고 자루 우동을 추가로 시켰습니다. 주인아저씨는 좀 부드러운 인상이었는데 좀 닮은 것으로 보아 아들인듯한 사람이 저희 주문을 받았습니다. 추가 주문을 했더니 안 그래도 웃음기 전혀 없이 시종일관 진지한 표정이던 이분이 완전 정색을 하고 말한 겁니다. 지금부터 해도 15분에서 20분은 걸린다고.

저는 솔직히 주문 거절당하는 줄 알았습니다. 거의 그런 분위기였습니다. 아니면 저희가 시간이 많다는 것을 몰랐던 것이겠죠. 물론 주문한 우동은 나왔고 저희는 맛있게 잘 먹었죠. 3시에 가게에 들어가서 나올 때가 4시였으니 꼬박 한 시간 동안 그곳에 머물렀습니다. 사실 손님으로 붐비는 시간이었다면 저도 무리하게 추가 주문을 안 했을 겁니다.

나중에 알고 보니 이 우동 가게의 주력 메뉴인 가마아게 우동은 금방 삶은 따뜻한 우동을 쯔유(간장 등에 가다랑어로 맛을 낸 일본식 간장)에 찍어 먹는 음식이었습니다. 자루 우동은 우동을 차가운 물에 식혀서 쯔유에 찍어 먹습니다. 힘들게(?) 시켰는데 그 우동이 가마아게 우동이 아니라 아쉽긴 했지만 어찌 되었든 아주 맛있는 우동을 먹어서 다들 매우 만족해했습니다.

아오시마에서 호텔로 돌아가는 택시에서 기사 아저씨께 이와미에서 우동을 먹었다고 말했더니 그 가게는 '미야자키 택시 기사들이 추천하는 3대 우동 집' 중 하나라며 어떻게 알고 갔느냐고 놀라십니다. 우동 맛도 맛이지만 저는 주문 받던 분이 가장 기억에 남습니다. 매번 주문을 받을 때마다 면을 삶는다는 고집이 있는 식당. 오래 걸리니 안 시키려면 안 시켜도 된다는 배짱이 있는 우동집. 정말 멋지지 않습니까? 아저씨의 무뚝뚝한 되물음에는 한 그릇의 우동도 고객과 약속한 방식으로 반드시 만든다는 의지가 들어있었습니다. 다음에 가마아게 우동을 먹으러 꼭 다시 가보고 싶습니다. 그때는 처음부터 모자라지 않도록 넉넉하게 잘 시킬 테니 추가 주문에 대한 걱정은 마시고요.

[2014.09]

5장 일본 문화 체험

일본인과 목욕 문화

하루의 첫 일과인 목욕을 하느라 두 시간쯤 지났을 무렵에는 눈송이 하나하나가 조금씩 커져 있었고 창문으로 건너편 빌딩옥상에서 새카만 개가 눈 위를 뒹굴며 노는 모습이 보였다.

- 에쿠니 가오리, 『부드러운 양상추』

에쿠니 가오리의 에세이 『부드러운 양상추』에는 유명 작가의 일상을 엿보는 재미가 있습니다. 에쿠니 가오리의 작품은 처음이었는데 신선한 충격을 받았습니다.

아침과 점심은 거의 과일로 식사하고 TV를 전혀 보지 않는다는 작가의 개성 있는 삶도 흥미로웠지만 가장 놀랐던 것은 하루를 2시간의 목욕으로 시작한다는 사실입니다.

예전 인터뷰 기사에도 '나는 병적일 정도로 목욕을 좋아해요', '하루의 절반은 욕조에서 삽니다'라고 나와 있습니다. 요즘같이 추운 날 따뜻한 욕조에 몸을 푹 담그면 추위와 피로가 한 방에 날아갈 것 같습니다.

에쿠니 가오리만큼은 아니어도 일본인의 목욕 사랑은 유난합니다. 환경적인 영향도 있어서 여름의 높은 습도도 잦은 목욕을 부르지만, 겨울에는 또 다른 이유가 있습니다. 바로 난방 때문입니다.

일본에서 겨울을 지내보면 우리네 온돌이 얼마나 좋은지 새삼 깨닫게 됩니다. 온돌이 없는 일본은 바닥에서 사정없이 올라오는 냉기 때문에 영하로 거의 안 내려가는(도쿄 기준) 기온에도 불구하고 한국보다 더 춥게만 느껴집니다.

온풍기를 틀어도 그때뿐이고 바닥은 여전히 냉기가 돕니다. 그래서 너무 추울 때는 따뜻한 물에 들어가 몸을 덥히고 그 온기로 추위를 극복합니다. 일본에서 온돌이 발전하지 않은 이유를 얼마 전에 잡지 <일본어 저널>을 보고 알았는데 '일본 집을 이해하는 세 가지 포인트'라는 칼럼에 이런 내용이 나옵니다.

- 일본에서 아침 출근길 일기예보에서 한파가 몰아칠 거라고 호들갑을 떨며 따뜻하게 입고 가라고 떠들썩할 때가 영상

1도나 0도 정도니까요!

- 애매하게 추운 기후에서는 온돌이 탄생할 수 없었던 것이죠.

한국의 우스갯소리 중에 말 없고 무뚝뚝한 한국 남자가 저녁에 집에 와서 하는 말 세 마디는 '아는(아이는), 밥도(밥 줘), 자자'라는 것이 있습니다. 일본에도 비슷한 것이 있는데 무뚝뚝한 일본 남자가 집에 와서 하는 말 세 마디는 바로 '목욕물은, 밥 줘, 자자'라고 합니다. 일본 사람들이 얼마나 목욕을 좋아하는지 알 수 있는 이야기입니다.^^

에쿠니 가오리는 동화 작가로도 활동했고 동화에 대해 애정이 많은 듯합니다. 수필집에도 '동화 교실 워크숍'에 다녀왔다는 대목이 나옵니다. 백희나 작가의 그림책 『장수탕 선녀님』을 에쿠니 가오리가 읽어본다면 굉장히 마음에 들어 할 것 같습니다. 왜냐하면 그녀가 좋아하는 목욕과 동화를 품은 최고의 작품이니까요.

[2013.02]

일본인의 점심식사

점심시간은 직장인에게 어떤 의미일까요? 한국 직장인의 점심시간 풍경은 회사에 다녀본 사람이라면 너무나도 잘 아시겠죠? 친한 사람끼리, 팀원끼리, 때로는 약속을 하고 사람을 만나서 점심을 함께 먹습니다. 배고픔도 해결하지만 작은 사교의 장이며 수다의 전당도 됩니다. 함께 맛있는 음식을 먹으면서 이런저런 이야기를 나누면 스트레스도 풀리지요.

점심시간은 직장인에게 하루 중 최고의 힐링 타임입니다. 2001년부터 일본에 3년 정도 출장을 다녔습니다. 일본 사무실에서 점심시간에 직원들이 같이 밥을 먹으러 가는 일은 거의 없습니다. 각자 점심을 먹습니다. 아주 가끔 친한 사람들끼리 식사하는 경우를 보긴 했지만 기본적으로 혼자 식사합니다.

처음으로 일본 사무실에서 근무한 날, 한국 동료 없이 혼자 점심시간을 맞이했습니다. 도시락을 사서 책상에 앉아 먹는

데 즐거워야 할 점심시간이 괴롭기 짝이 없었습니다.

국도 김치도 없이 먹는 도시락 반찬도 마음에 안 들지만 모니터 앞에 앉아서 혼자 꾸역꾸역 밥을 먹자니 입맛도 없었습니다. '내가 여기서 왜 이러고 있나'라는 생각마저 들었습니다. 일본인 동료도 모두 편의점이나 도시락 가게에서 도시락을 사 와서 각자의 자리에서 먹었습니다.

근무지가 도쿄 오다이바의 텔레콤 센터였는데 사무실에서 조금만 걸어 나가면 바다가 보이는 공원이었습니다. 점심때 산책하러 나가보면 혼자 벤치에 앉아 도시락이나 빵을 먹는 직장인들을 흔히 볼 수 있었습니다. 혼자 있는 시간을 즐기는 것 같았습니다.

일본에서의 이런 혼자 밥 먹기(혼밥) 훈련(?) 덕분인지 지금의 저는 식당에서든 어디서든 혼자 밥을 잘 먹습니다. 가끔 일부러 혼자 밥을 먹기도 합니다. 예전에는 이해가 잘 안 되었던 일본인들의 점심 풍경을 요즘 한국에서 일부러 재현해보곤 합니다. 회사에서 점심시간에 약속이 있다 하고는 혼자 밥을 먹고 차를 마시면서 짧지만 조용한 100% 나만의 시간을 즐깁니다. 종일 사람들과 같이 있다가 잠시 혼자만의 시간을 가져봅니다.

일본 사람들도 꽉 짜인 하루 업무의 무게와 인간관계에서 잠시나마 뚝 떨어져서 자신을 돌아보는 여유로써 점심시간을 이용하고 있는 것은 아닐까요?

마냥 궁금하게만 느껴졌던 문화적 차이에 대한 의문이 시간의 흐름 속에서 전혀 다르게 해석되기도 합니다. 물론 저의 주관적인 생각이지만 말입니다.

[2012.08]

아침형 나라와 저녁형 나라

얼마 전에 어쩌다가 집에서 일찍 나왔습니다. 아침 7시 30분. 회사까지 30분밖에 안 걸리니 무려 1시간이나 시간이 생겼습니다. 30분이라도 생기면 역 근처에 있는 커피숍에 가곤 합니다. 이날도 망설임 없이 책 읽을 장소를 찾아 나섰습니다.

그런데 문이 열려있는 커피숍이 없었습니다. 대부분 아침 8시부터 영업개시였습니다. 그렇게 열린 커피숍을 찾다가 허탕을 치고 8시쯤에는 아쉬움을 뒤로하고 회사로 향해야 했습니다.

『학교에서 배울 수 없는 일본문화』에는 일본은 '아침 중심'이라는 내용이 나옵니다. 술자리도 대부분 12시 전에 끝나고 대학 도서관도 오후 5시면 문을 닫는다고 합니다.

일본인은 아침형 인간이라고 할 수 있습니다. 우선 가게들이 아침 일찍부터 문을 엽니다. 일본의 식당이나 패스트

푸드점에서는 모닝 세트를 팔고, 서서 먹는 우동 가게나 소바 가게도 새벽 5시 정도부터 영업을 시작합니다. 그렇게 이른 아침에는 사람이 별로 없을 것 같지만 의외로 가게들은 만원을 이룹니다.

- 마에다 히로미, 『학교에서 배울 수 없는 일본문화』

책을 보기 전에는 미처 그런 생각을 못 했는데 그러고 보니 일본에는 아침 일찍 문 여는 커피숍이나 가게가 많습니다.

예를 들어 일본의 유명 커피 체인인 도토루도 6시부터 개점입니다. 매장에 따라 7시부터 여는 곳도 있습니다. 그리고 문을 닫는 시간은 저녁 10시입니다.

예전에 신주쿠에서 오랜만에 일본 친구들과 만나서 신나게 수다 떨고 놀았는데 10시면 커피숍이 문을 닫는다고 해서 아쉬워하며 자리에서 일어난 기억이 납니다. 솔직히 번화가에서 저녁 10시에 커피숍 문을 닫는다니 너무 빠르다고 느껴지죠?

도쿄에 출장 다니던 시절 회사 숙소가 있던 도요초도 8시 정도면 슈퍼마켓 문을 닫아버려서 편의점이나 자판기가 없으면 곤란할 정도였습니다. 관광지도 마찬가지여서 유후인에 갔을 때도 6시면 모든 가게가 문을 닫았습니다.

대신 아침 9시에도 기념품 가게가 문을 열고 있어서 조금 놀랐습니다. 당시에는 왜 이렇게 일찍 문을 닫는 걸까, 장사 좀 더하지 라고 생각했는데 반면에 아침 일찍 시작하고 있었던 겁니다.

사회적인 시간은 나라마다 다르기도 하지요. 미국이나 영국, 독일 등에서는 중요한 회의는 거의 아침에 하는 경향이 있고, 파티가 열려도 밤 10시가 넘어가는 경우는 흔치 않습니다. 반면 스페인, 포르투갈 등 라틴 계통과 지중해 연안 국가 사람들은 저녁형이 많습니다. 한국은 사회적 시간이라는 측면에서 볼 때 아침형과 저녁형이 혼재하고 있다고 할 수 있습니다. 몸은 방치해두면 이성보다는 감성에, 일보다는 쾌락에 이끌리게 됩니다. 그래서 특별한 노력을 들이지 않는다면 사람은 저녁형으로 기웁니다. 자신의 생활이 활기차게 되기 위해서는 자신의 객관적 여건이 아침형인지, 저녁형인지 잘 판단하고 자신의 몸이 하는 말에 귀를 기울여 생활의 리듬을 잘 타야 합니다.

- <주간한국> 기사, 시간지배형이 되라 (2011.03.09)

기사 내용처럼 한국은 아침형과 저녁형이 혼재하고 있는 것 같습니다. 어떤 것이 좋다기보다 위의 글처럼 자신에게 맞는 생활 리듬을 찾는 것이 중요합니다. 사이쇼 히로시는 저서 『아침형 인간』으로 일본에서는 물론이고 한국에서도 아침형 인간 붐을 일으켰습니다. 반면 틸 뇌네베르크는 『시간을 빼앗긴 사람들』에서 개개인의 생체리듬을 무시하고 아침형 인간만을 강조하는 것은 무식한 행위라고 강하게 비판합니다. 아침형이면 어떻고 저녁형이면 어떻습니까. 중요한 것은 스스로 선택한 자신의 생활 패턴에 만족하느냐일 겁니다.

[2013.02]

일본에서 미장원에 간다는 것

일본에서 1년을 살고 출장을 3년 정도 다녔지만 일본 미용실에는 한 번도 안 가봤습니다. 미장원에 자주 안 가는 편이기도 하지만 가장 큰 이유는 일본 미용실 요금이 무척 비싸기 때문입니다. 커트가 5,000엔, 우리 돈으로 6만 원이 넘습니다. 심지어 샴푸도 별도 요금인데 미용실마다 다르지만 만 원 이상입니다. 사정이 이렇다 보니 일본에서 미용실 가는 건 자제하게 됩니다. 미용실에 관련된 재미있는 에피소드도 생각납니다.

일본어 학교 친구가 와세다 대학 근처 미용실에 갔습니다. 커트 가격이 저렴해서 호주머니 헐렁한 학생들에게 인기 있는 가게였습니다. 당시 친구는 일본에 간지 반년도 채 되지 않아 일본어가 능숙하지 않았는데요, 머리를 자르고 나니 머리를 감기려고 하더랍니다. 샴푸 요금이 별도라는, 그리고 몇 천 엔 단위라는 사전 정보를 이미 숙지하고 있던 친구는 고개를 절레절레. 그런데 일본어가 안되니까 딱 부러지게 싫다고 말은 못 했습니다. 그랬더니 웃으면서 계속 권하더랍니다.

'아, 이것이 말로만 듣던 일본의 상술인가! 거절하기 힘들다. 이왕 이렇게 된 거!'

자포자기 심정으로 머리 감김(?)을 당하면서 침울해한 친구….

그런데 알고 보니 그 미용실은 샴푸가 서비스라 공짜였다고 합니다. 정말 눈물 없이는 들을 수 없는 빈한한 일본 유학생 이야기입니다. 지금 생각하면 그런 시절이 있었다며 웃음이 입가로 저절로 새어 나오지만 말입니다.

『20인 도쿄』에는 일본 도쿄에서 꿈을 펼치는 멋진 스무 명의 젊은이가 등장합니다. 이 책을 읽고 저의 일본 어학연수 시절을 돌아보게 되었습니다. 이들처럼 목표가 확실하고 치열했나 하며 반성도 했습니다. 사실 목표가 분명하면 같은 사실을 보고도 다르게 느끼고 배웁니다. 저는 일본의 미용실 요금을 보고 단순히 비싸다, 머리 감겨 주는데 몇천 엔이라니 말도 안 된다고만 생각했습니다. 하지만 한국에서 메이크업 아티스트를 하다가 일본에 공부하러 간 이효진 씨의 인터뷰를 보고 생각이 조금 달라졌습니다.

실력 없으면 정말 뭘 해도 안 되는 나라가 일본이니까. 오죽하면 머리 감겨주는 걸로도 몇천 엔씩 받겠냐. 그만큼 전문적으로 해서 그런 거야. 난 이런 시스템을 배워 가고 싶어 정말.

- 김대범, 『20인 도쿄』

단순히 머리 감겨주는 정도라면 사람들이 몇천 엔씩 내고 서비스를 받지도 않을 것이란 생각은 미처 해 보지 못했습니다. 같은 현상을 보고도 다양한 관점으로 받아들이는 것, 이런 작은 차이들이 모여서 우리의 생각을 깊게 해주고 통찰력을 길러주는 것이겠죠?

다음에 기회가 되면 거금을 투자해서라도 일본 미용실 가기에 도전해봐야겠습니다. 뭐가 다른지 체험해보고 싶다는 욕망이 솟구칩니다. 무슨 일이든 그냥 겉에서 보는 것과 체험하는 것이 전혀 다르다는 사실을 요즘 들어 유난히 많이 깨닫게 됩니다.

[2013.04]

일본에 가면 심야 레스토랑 (24시간 영업 레스토랑)에 가보자

다자이 오사무의 소설이 '문학'이라고 불리는 것은, 이야기가 재미있을 뿐 아니라 다양한 인간 군상을 극명하게 묘사했기 때문이다. 카페나 심야의 패밀리 레스토랑은 마치 다자이 오사무의 소설처럼, 모여든 사람들의 인생과 생활을 훔쳐보게 되는 공간이다.

- 사이토 다카시, 『15분이 쓸모 있어지는 카페 전략』

사이토 다카시의 책이 요즘 한국에서 베스트셀러가 되고 있는데 읽어보면 통찰이 대단합니다. 일본에는 24시간 영업을 하는 심야 레스토랑이 있습니다. 한국에도 24시간 패스트푸드점은 있지만 심야 레스토랑은 없는 것 같습니다. 사이토 다카시는 심야의 패밀리 레스토랑에서 글도 쓰고 사람들을 많이 관찰했나 봅니다.

일본의 대표적인 패밀리 레스토랑으로는 '데니스'와 '조나

단'이 있습니다. 한국의 패밀리 레스토랑보다는 저렴하고 동네마다 하나씩 있을 정도로 대중적이고 매장이 많습니다.

제가 살던 가나가와현 이쿠타라는 동네에도 두 군데나 있었는데 가격이 천엔 전후로 10년 동안 거의 변하지 않았습니다. 가끔 특정 메뉴 세일도 해서 더 저렴한 가격에 즐길 수 있습니다.

스파게티가 600엔에서 700엔 정도 하고 음료도 '드링크바'라는 메뉴가 있어서 280엔에 음료를 종류별로 마음껏 마실 수 있습니다. 메뉴도 함박스테이크 등 양식도 있고 일식도 있어서 선택의 폭이 넓습니다. 요즘은 저렴한 가격에 이탈리아 요리를 맛볼 수 있는 패밀리 레스토랑 '사이제리아'가 인기라고 합니다.

매장 대부분은 넓은 공간에 밝은 분위기로 24시간 영업입니다. 주머니가 조금 가벼워도 친구와 식사하면서 이야기 나누기에 좋고 학생들이 밤을 새워서 공부할 때도 많이 이용합니다. 한국에는 없는 특이한 외식 종류 중 하나라고 생각됩니다. 저도 자주는 아니지만 가끔 이용했습니다.

일본어 학교는 한 학기가 4개월이고 중간고사와 기말고사가 있는데 시험 기간이면 한국인 친구들은 이 24시간 패밀리 레스토랑으로 공부하러 갔습니다.

사실 일본에 있을 때는 별생각 없었는데 사이토 다카시의 책을 읽고 갑자기 아, 그때 나도 가서 친구들과 밤새워 공부했다면 추억도 만들고 좋았겠다는 생각이 들었습니다. 그리고 사이토 다카시처럼 종종 들러서 일본 사람들을 관찰해보기도 했다면 나름 좋은 공부가 되지 않았을까요? 사람을 몰래 관찰하는 것은 생각보다 많은 인생 공부가 됩니다. 주철환 교수도 전철을 타면 사람들을 관찰한다는데 사이토 다카시의 말과 조금 통하는 것이 있죠?

일본 패밀리 레스토랑에는 처음 먹어보는 음식이 많았습니다. 데니스에서 처음 먹어 본 마구로동(まぐろ丼)은 지금도 제일 좋아하는 일본 음식 중 하나입니다. 일본식 참치 회덮밥인데 밥 위에 참치회와 연어알, 김 등이 올라가고 간장과 미림으로 만든 양념장을 살짝 곁들인, 간단하지만 영양도 있고 맛도 좋은 음식입니다.

10년 전만 해도 마구로동 같은 음식을 한국에서 먹기는 힘들었지만, 지금은 일본 음식을 파는 가게가 많아져서 마구로동 뿐 아니라 규동을 파는 가게도 많이 생겼습니다.

일본에는 규동처럼 간편하고 저렴하게 마구로동을 먹을 수 있는 체인이나 가게도 많습니다. 아직 한국에는 마구로동만 전문적으로 파는 가게가 없지만, 조만간 일본식 회덮밥 체인이 하나 생길지도 모릅니다. 하지만 제일 생겼으면 하는 가게는 역시 24시간 영업 레스토랑입니다. 이젠 24시간 레스토랑에서 밤새워 공부할 일은 없을 것 같지만 말입니다. 대신 사이토 다카시처럼 글을 쓰거나 일을 하러 가면 좋을 것 같습니다. 도쿄에 놀러 가면 꼭 조나단이나 데니스, 사이제리아에 가봐야겠습니다. 그리고 제가 좋아하는 마구로동을 꼭 먹고 와야겠습니다.

글을 쓰다 보니 24시간 패밀리 레스토랑에서 공부를 못 한 것이 아쉬운지 그곳 음식이 그리운 것인지 헷갈립니다. 아무렴 어떻습니까. 다시 가보고 싶다는 것만은 확실하네요.

일본 유학이나 어학연수를 가면 꼭 24시간 영업 레스토랑에서 공부도 하고 친구와 수다도 떨고 그곳 사람들을 관찰도 해보시기를 바랍니다. 아마 제가 이렇게 말하지 않아도 자연스럽게 가게 될 것 같지만 말입니다.

[2015.03]

일본 동네목욕탕에 가보자

일본에서 어학연수를 하던 1년 동안 매일 공짜로 일본 목욕탕을 이용할 수 있었습니다. 제가 살던 여대생 기숙사에 공용 목욕탕이 있었거든요. 매일은 못 가도 꽤 자주 이용했습니다. 기숙사 친구 메구미와 함께 가는 일도 많았습니다. 메구미는 너무나도 알뜰해서 공용 목욕탕을 자주 이용했습니다. 우리 방에서 목욕탕을 사용하면 수도 요금이 많이 나오니까요. 기숙사 목욕탕에서는 샴푸와 린스, 바디워시까지 공짜로 쓸 수 있었습니다.

전용(?) 목욕탕이 있다 보니 동네 목욕탕에 가봐야겠다는 생각이 안 들었습니다. 사실 요즘 일본도 동네마다 목욕탕이 있지도 않습니다. 한국도 동네 목욕탕은 없어지고 찜질방으로 대체되었죠. 일본 목욕탕도 진화 중입니다. 물론 도쿄 최고 번화가인 긴자에는 백오십 년 된 공중목욕탕 '곤파루'가 건재합니다. 긴자는 좀 특별한 곳이니까 가능한지도 모르겠습니다.

일본은 찜질방 대신 '슈퍼 목욕탕'이라는 것이 그 자리를 대신하고 있습니다. 슈퍼 목욕탕이라는 이름에 걸맞게 욕탕도 여러 개 있고 마치 온천 같은 분위기입니다. 요즘 일본 관광 가서 슈퍼 목욕탕 다녀오시는 분들도 많습니다.

저도 신주쿠에서 전철로 여섯 정거장 떨어진 킨시쵸라는 동네의 슈퍼 목욕탕에 가 본 적이 있습니다. 벌써 10년도 더 된 2002년쯤이었을 겁니다. 당시 요금은 2,000엔. 아마 가격은 별로 안 올랐을 겁니다. 정말 온천 같은 분위기였습니다. 일본 사람들은 목욕을 좋아합니다. 청결을 좋아하는 경향과 습도 높은 날씨도 한몫했고 추운 겨울에 몸을 덥히는 방법이기도 합니다.

일본의 목욕탕은 예로부터 교류의 의미가 있었습니다. 가정 내에서도 예외가 아니어서 일본에는 아이들이 아버지나 어머니와 함께 욕조에 들어가는 경우가 많이 있습니다. 미야자키 하야오의 유명한 애니메이션 <옆집의 토토로>에도 아버지와 딸들이 함께 욕조에 들어가 목욕하면서 이런저런 이야기를 하는 정겨운 장면이 나옵니다.

일본어 학교 선생님께 다른 나라에는 없는 이런 일본의 풍습에 대해 여쭈었더니 선생님도 10살 정도까지 아버지와 욕실에 함께 들어갔는데 아버지가 이런저런 옛날이야기를 해주시거나 해서 정말 좋았다고 하셨어요. 일본에서 목욕은 자식과 부모 간의 정을 키우는 역할도 합니다. 뭐 저희도 아버지랑 아들이 같이 목욕탕 가던 시절이 있었다지요? 요즘은 이런 모습도 흔히 보기 어려운 것 같습니다.

한국에는 여자들이 친해지면 목욕탕에 같이 간다는 말이 있습니다. 저는 일본에서 같은 방에 사는 친구 메구미와 기숙사 목욕탕에 함께 다니면서 더 친해졌습니다. 일본 사람들은 일단 비누로 몸을 씻고 탕에 들어가서 몸을 덥히고 따뜻한 물을 즐깁니다. 그리고 다시 나와서 머리를 감거나 한 번 더 씻고 다시 욕탕에 들어갑니다.

일본 목욕탕이나 온천에 가면 때를 밀지 말라고 써 붙여 놓은 곳도 있고 서서 몸에 비누칠하지 말라는 주의 사항도 쓰여 있습니다. 모두 앉아서 씻고 샤워도 앉아서 합니다. 다른 사람에게 폐가 되기 때문이죠. 그러고 보니 기숙사 목욕탕에서 저는 항상 서서 신나게 비누칠 했는데 일본인 친구들은 꼭 앉아서 비누칠하던 것이 생각납니다.

같이 일본 목욕탕에 다니던 메구미가 나중에 한국에 놀러 와서 한국 목욕탕의 '때밀이 체험'을 했습니다. 제가 살던 동네 목욕탕에 함께 가서 평소에 저도 못 받아본 '때밀이 + 마사지' 코스를 받게 해주었습니다. 처음으로 한국을 찾아온 일본 친구에게 특별한 추억을 남겨주고 싶었어요. 받고 난 소감 한 말씀.

"너무 상쾌하고 내 몸에 이렇게 많은 때가 있는지 몰랐어!"

이 말에 한참을 같이 웃었습니다.

한때 일본 관광객의 한국 때밀이 체험이 유행인 듯하더니 요즘은 어떤지 모르겠네요. 일본에 놀러 가면 온천은 못 가도 동네 목욕탕, 동네 목욕탕 없으면 슈퍼 목욕탕 체험을 꼭 하고 오세요. 특별한 추억이 될 겁니다.

[2015.03]

오사카에서 택시를 타다

일본에서 자유 여행을 할 때는 렌터카가 아닌 이상 택시 이용이 요긴합니다. 요금은 만만치 않아도 일단 일본의 택시는 무척 친절합니다. 아주 가끔 예외도 있지만요.

2011년 말에 교토로 여행을 갔습니다. 일정 둘째 날, 오사카에서 우메다 한큐전철을 타고 교토로 향했습니다. 가와라마치에서 그곳 명물이라는 니신소바(청어메밀국수)를 먹고 교토 여행의 하이라이트 청수사(기요미즈데라)에 가기 위해 기온 미나미자 극장 앞에서 택시를 탔습니다.

기요미즈자카에서 내려 미처 그곳의 공기를 한번 들이마시기도 전에 사건이 터진 것을 알았습니다. 아들이 핸드폰을 잃어버린 겁니다. 택시에서 두고 내린 듯한데 그날따라 로밍에 문제가 있었는지 전화도 안 걸렸습니다.

일반적인 일본 택시는 제복을 잘 차려입은 기사와 청결함, 눈처럼 하얀 깔끔한 천시트로 요약됩니다.

그런데 그날 탄 택시는 기사의 복장도 점퍼 차림에 차에서는 담배 찌든 냄새가 났으며 운전하면서 욕까지 했습니다. 운전이 난폭했던 건 말할 것도 없습니다. 덕분에 택시가 좌우로 흔들리면서 아들 바지 주머니의 핸드폰이 빠져나간 것이 틀림없습니다.

기요미즈자카에서 내려가는 길은 꽉 막혀서 택시들이 줄서 있었지만 어떤 차였는지 찾을 수도 없습니다. 청수사 관람은 포기하고 지푸라기라도 잡는 심정으로 식사했던 니신소바 가게에 가보기로 했습니다.

다시 택시를 잡아타고 기사 아저씨에게 자초지종을 설명했습니다. 바로 내비게이션에서 찾아 소바집 전화번호를 알려주셨습니다. 나이가 지긋하신 분이었는데 그런 상황이다 보니 정말 고마웠습니다.

소바집에 전화하니 지금은 손님이 있어서 안 되고 잠시 후 찾아보고 전화를 준다고 합니다. 잠시 후 연락이 왔는데 아무것도 못 찾았다는 소식입니다. 그래도 확인은 해야겠기에 소바집으로 향했습니다.

기사 아저씨는 달리 도와줄 것이 없냐며 계속 물어보고 같이 걱정해줬습니다. 어느 택시 회사인지 알면 연락을 해 줄

텐데라는 말씀도 하십니다. 기사 아저씨의 친절에 핸드폰 잃어버리고 여행 일정이 다 흐트러져서 엄청나게 흥분상태였던 저는 마음이 무척 편해졌습니다.

그리고 참 좋았던 것이 이 택시는 승객이 타자 조그만 티슈를 하나씩 나누어 주었습니다. 기사 이름, 회사, 전화번호 등이 다 적혀있습니다. 아, 아까 핸드폰 잃어버린 택시가 이런 친절한 택시였다면…. 너무 아쉬웠습니다. 일본에서는 택시를 타면 가끔 이렇게 티슈를 나누어주는데 무척 좋은 서비스라고 생각됩니다. 물건을 두고 내려도 안심입니다.

얼마 전 택시에서 내리다가 지갑을 잃어버렸는데 요금을 카드로 결제해서 영수증에 있는 정보로 택시 기사에게 연락한 적이 있습니다. 그런데 바쁘고 하니 보통 영수증도 잘 안 받게 됩니다.

소바집에는 역시 핸드폰이 없었습니다. 지금 생각해보면 그까짓 핸드폰 깨끗하게 잊어버리고 청수사나 구경했으면 얼마나 좋았을까 후회가 됩니다. 그래도 그 난리 통에 좋은 택시 기사님을 만나서 지금 생각해도 마음이 훈훈해집니다. 기사님, 그때의 친절 아직도 기억하고 있습니다. 정말 감사했어요.

언젠가 또 교토에 가게 된다면 그 기사님을 다시 만났으면 좋겠습니다. 그리고 목적지까지 가면서 느긋하게 대화를 나누면 무척 멋질 것 같다고, 무더운 8월의 여름날, 겨울 공기 차가웠던 12월 어느 날의 교토를 아스라이 떠올리며 이렇게 끄적여 봅니다.

[2013.08]

유후인에서 택시를 타다

2012년 6월, 일본 여성들이 가장 가고 싶어 하는 온천 1위라는 유후인에 다녀왔습니다. 출발 당시 일정은 료칸 1박만 결정된 상태였습니다. 유후인의 상징 유후다케산과 유후인의 자연을 보고 싶다는 막연한 바람은 있었습니다. 유명한 쇼핑거리인 유노츠보거리도 꼭 가보고 싶었습니다.

유후인 역에 도착해 숙소인 메바에소 료칸에 가기 위해 역 앞에 줄 선 택시를 탔습니다. 일반 택시를 타려고 했는데 없어서 관광 택시를 탔습니다. 기사님이 료칸까지 태워 주겠다며 그냥 타라고 했습니다. 그런데 제가 일본어가 가능한 것을 안 순간, 관광택시를 2시간 이용하라고 바로 협상을 해오셨습니다. 마침 기차에서 둘째 아이가 낮잠을 안 자서 졸려 하는 상황이었고 택시 기사 아저씨가 무척 친절해서 가격 협상을 거쳐 택시 관광을 하기로 했습니다. 이런 예기치 못한 돌발 상황이 자유여행의 묘미입니다.

관광 택시 기사답게 유후인 최고 관광 명소만 쏙쏙 발라내어 데려가 주겠다고 호언장담하니 우리의 기대는 높아만 갔습니다.

첫 번째 장소로 1600년을 살아온 신성한 나무가 있는 신사로 갔습니다. 유후인은 18년 전부터 일본의 유명 관광지였는데 관광객들이 진정한 관광 명소를 잘 모르는 것 같아 아쉽다고 기사님은 말합니다. 얼마 전에도 한국인 남자가 혼자 관광택시를 이용했는데 아저씨의 관광 안내를 무척 만족해했다고 강조 내지는 자랑을 하셨습니다.

드디어 숨겨진 명소라는 신사에 도착했습니다. 막상 눈앞에 1600년 된 나무를 대하니 신기하기도 하고 무척 부럽다는 생각도 들었습니다. 유후인만 해도 오래된 나무가 꽤 많았습니다. 나무에 낀 이끼는 지나온 긴 세월 이야기를 해 주는 듯했습니다. 신성한 기운이 감도는 장소에서의 특별한 체험이었습니다.

기사님은 우리 일행의 단체 사진도 찍어주시고 이런저런 설명도 열심히 해주셨습니다. 관광 택시 기사를 넘어서 유후인 알리미, 유후인 홍보 도우미 같다는 생각이 들 정도로 굉장히 정열적이고 적극적이었습니다.

그다음 간 곳은 유후인 플로라 하우스. 유후인 역 뒤편에 있는 곳으로 펜션과 식물원을 겸한 곳입니다. 처음에는 마치 동네 아는 집 들어가듯이 쓱 들어가서 구경하자고 하셔서 유명한 곳인지도 몰랐습니다. 하긴, 아저씨에게는 동네 잘 아는 집 맞네요. 알고 보니 관광 가이드 책에도 나온 제법 유명한 곳이었습니다. 공방도 있고 아름다운 난을 비롯해 갖가지 꽃과 허브, 커피나무, 바나나 나무, 파파야 나무 등 열대 나무도 재배하는 구경거리 가득한 곳이었습니다. 사시사철 다양한 꽃과 허브를 재배한다고 합니다.

온실을 지나다가 제 굵은 팔뚝으로 바나나 나무에 열린 바나나를 툭 치고 지나가서 몇 개가 덜렁거렸지만 모른 척했습니다. 캔디라는 이름의 개와 인사도 하고 주인아주머니에게 허브차도 한잔 얻어 마셨습니다. 다음 장소로 이동하기 위해 택시를 탔더니 아저씨가 선물이라며 바나나 두 개를 주십니다. 분명 아까 제게 일격을 당한 그 녀석들이었겠지요. 부실한 점심을 먹은 둘째 아이는 덕분에 신나게 바나나를 먹을 수 있었습니다. 세심한 배려에 무척 감사할 따름이었습니다.

택시 타기 직전 마침 유후인 명물 버스 <스카보로>가 등장했습니다. 아저씨는 스카보로 운전사 아저씨에게 양해를 구하고 차를 배경으로 우리의 기념사진을 찍어줬습니다.

아이가 은근히 이 차에 눈길을 주자 "저 차는 진정한 유후인의 명소는 안 돌아본다니까~"라고 하시며 관광택시가 더 잘한 선택이라고 몇 번이나 강조하셨습니다.

그다음 장소는 정말 기사님의 비장의 무기라는 유후다케 분화구로 향했습니다. 분화구 주변은 유후인에서 허가된 두 개의 택시 회사 기사만 입장이 가능하다고 합니다. 산 중턱쯤 올라가자 온천장이 나타났습니다. '스기하라'라는 온천이었는데 현지 사람들만 아는 꽤 유명한 곳이라고 합니다. 실제로 가이드 북이나 인터넷 검색에도 안 나오는 것을 보니 숨겨진 명소가 맞는 듯합니다.

우리에게 택시에서 잠시 기다리라고 하시더니 입장권을 끊고 뭔가 사 들고 오십니다. 바로 유데 다마고, 온천 달걀이었습니다. 22시간 온천물에 푹 담가 둔 달걀로 벳푸나 다른 지역 달걀보다 훨씬 맛있다고 합니다. 나중에 료칸에 가서 먹어보니 정말 맛있었습니다. 분화구 가는 길은 온천장 근처에 입구가 있었는데 정말 입장 허가를 받아야 했습니다. 문이 열리고 드디어 분화구로 출발.

비포장도로를 따라 덜컹거리며 이동하니 저 멀리서 연기가 보이기 시작했습니다. 분화구를 그리 가까이서 본 것은 태어나서 처음이었습니다. 곳곳에 하얀 연기가 나고 접근 금지 표식이 보였습니다.

택시에서 내려서 구경하는데 갑자기 엄청나게 많은 연기가 시야를 가렸습니다. 매캐한 유황 냄새에 정신이 몽롱해졌습니다. 아이들을 껴안고 몸을 잔뜩 움츠렸습니다. 그때 든 생각은 “이러다가 화산 폭발하는 거 아니야?”였습니다. 다행히 화산 폭발은 없었고 조금 지나니 연기도 사라져 시야가 확보되었습니다. 가끔 있는 일이라고 하는데 난생처음 겪은 일이라 무척 신선하기도 하고 조금 무섭기도 했습니다. 그다음 코스는 유후인 전망대였습니다. 분화구를 보고 놀랐는지 5살 딸이 그때부터 잠이 들어 아이를 안고 저는 택시에 남았습니다.

나중에 동생이 찍은 사진을 보니 전망대에서 내려다본 유후인은 한 폭의 그림과도 같았습니다. 마지막으로 유후인의 상징이라는 긴린코 호수에 잠시 들리고 숙소로 가기 전에 유후인의 유명한 쇼핑 거리인 유노츠보도 택시로 한 바퀴 둘러봤습니다.

료칸 메바에소까지 우리를 데려다주고 기사님의 택시 관광 2시간 임무는 성공리에 완수되었습니다. 덕분에 너무 즐거운 추억을 많이 가졌습니다.

지금도 열심히 유후인 관광 안내를 하고 계실 기사님. 유후인을 너무 사랑하고 자랑하고 싶어 하는 모습이 감동적이었습니다. 언젠가 유후인에 또 간다면 뵙고싶네요.

[2013.08]

학교에서 배울 수 없는 일본문화

3년 정도 일본에서 일본인들과 같은 사무실에서 일했습니다. 2001년에서 2004년 사이였습니다. 보통 한 달에 한 번 2주 동안 출장을 가거나 길 때는 한 달 내내 일본에 있기도 했습니다. 일본인들과 같이 일하면서 우리와 다른 문화적인 차이나 일에 대한 태도 때문에 특이한 경험도 많이 하고 궁금한 점도 많이 생겼습니다.

저녁에 야근하면 한국에서는 "다 먹고 살자고 하는 일이잖아"라며 저녁 식사를 하고 일을 하는 데, 일본 사람들은 밥을 먹지 않고 간단한 간식으로 저녁을 때우고 일을 하는 경우가 대부분이었습니다. 또 점심시간에 다 같이 가서 밥을 사 먹거나 하지 않고 각자 먹는 경우가 많았는데 어떤 문화적 차이 때문인지 무척 궁금했습니다.

일본의 문화적 특징이나 사회 현상에 대해 아마도 이럴 것이라고 혼자 추측은 해보지만, 속 시원한 답을 구하기는 쉽지 않았습니다. 일본인 친구들에게 물어보기도 했는데 매번 질문 하기도 쉽지 않은 일이었습니다.

그러다가 마에다 히로미의 『학교에서 배울 수 없는 일본문화』를 읽고 무릎을 '탁' 쳤습니다. 대부분의 의문이 해소된 것은 물론이고 일본인에 대해 더욱 많이 알게 되었습니다.

이 책의 저자는 일본인으로 저와 반대로 한국에서 직장 생활을 한 경험이 있습니다. 그런 경험이 있었기에 한국과 일본의 문화 차이나 일에 대한 태도나 스타일의 차이를 잘 느꼈을 겁니다. 일본 문화에 관한 이야기뿐 아니라 일본에서의 상하관계나 일본 직장인에 관한 이야기가 많아서 흥미로웠습니다.

저도 일하면서 일본인들이 설계나 사전 준비 등을 상당히 철저히 하는 것을 보고 인상 깊었는데 이 책에도 비슷한 내용이 나옵니다. 일본인과 일을 할 때 계획서나 기획서를 작성하면 절대 변경이 없어야 한다고 말합니다. 한국처럼 '나중에 변경하면 되니까 일단 대충 만들고 보자'라는 방식은 절대 통하지 않습니다.

그리고 일본인들은 일을 '빠듯하게' 하는 것을 싫어하고 항상 여유를 가지고 진행하려고 합니다. 이런 한국과 일본의 차이를 잘 안다면 비즈니스를 하거나 일본에서 생활하는 데 많은 도움이 될 것입니다. 일본 문화에 관심이 있거나 일본인과 일을 한다면 꼭 이 책을 읽어보라고 권해드립니다.

[2013.01]

일본 유학 시절의 셰어하우스 경험

일본 도쿄에서 어학연수를 했던 1년 동안 여대생 기숙사에서 살았습니다. 지금 생각해보니 요즘 용어로 셰어하우스였습니다. 거실과 부엌, 욕실은 같이 사용하고 각자의 방은 따로였습니다. 기숙사 이름이 '5-SHIPS'였습니다. 다섯 명이 한배를 탔다는 의미입니다.

방에는 화장실과 세면대, 조그만 냉장고, 에어컨, 책상, 침대, 옷장이 있고 거실에는 TV, 에어컨, 식탁 등 기본적인 가전이나 가구가 모두 구비되어 있었습니다. 그리고 공용 공간의 청소나 싱크대의 음식물 쓰레기, 욕실 청소 등은 관리비에 포함되어 있어서 도우미 아줌마가 다 처리해 주고 각자 자기 방만 청소하면 되니 정말 편했습니다.

기숙사의 기본 정책은 한 유닛(5명이 함께 사는 공간을 유닛이라고 불렀어요)에 일본인 3명, 미국인(서양인?) 한 명, 한국인 한 명을 배정한다였습니다. 조치 대학으로 유학 온 미국 대학생들이 많이 왔고 제가 다닌 일본어 학교에서는 한국 학생을 이 기숙사에 연계해줬습니다. 저도 체류했던 1년 동안 항상 일3, 미1, 한1의 비율로 생활했어요. 어쩌다가 모두 거실에 모이면 무슨 국제 회담하는 분위기가 났습니다.

이곳에서의 생활이 저는 너무 행복했습니다. 학교에서 배우는 일본어를 바로 실전 경험해 볼 수 있었어요. 사실 비싼 기숙사비에도 불구하고 이곳을 숙소로 정한 이유가 일본어 실력 향상에 도움이 될 거라 생각했기 때문입니다. 그리고 무엇보다 외롭지 않았습니다. 주말이면 시간 맞는 친구들끼리 영화도 보러 가고 신유리가오카나 시모키타자와로 쇼핑도 함께 갔습니다. 가끔 한국에서 라면을 부쳐오면 그날 저녁은 라면 파티도 하고 비 오는 날에 김치부침개도 부쳐 먹었습니다.

외국인 친구들과 잊을 수 없는 추억도 많이 만들었고 아직도 페이스북으로 연락을 하고 지냅니다. 5-SHIPS 같은 주거 공간이 한국에도 있으면 좋겠다고 생각했는데 미국이나 일본 등지에서는 아주 오래전부터 이런 형태의 주거 공간이 존재했다고 하네요.

지금 생각해보니 제가 살았던 기숙사는 아주 럭셔리한 곳이었습니다. 기숙사에는 공용 목욕탕도 있어서 매일 사용이 가능했습니다. 그리고 기숙사 로비 건물 2층에는 헬스 기구가 있는 체력 단련실도 있었습니다. 사실 기숙사비도 일본 학생들보다 훨씬 적게 냈습니다.

2001년 당시에 일본 대학생들은 한 달에 기숙사비가 77,000 엔 정도였고 외국인은 55,000 엔 정도였으니 20만 원 이상 차이가 났습니다. 2년 전쯤 제가 유학한 일본어 학교의 사무실 직원분과 통화를 하면서 "아직도 5-SHIPS에 학생들을 많이 연결해 주시나요?"하고 물어보니 기숙사비가 많이 올라서 요즘은 많이 못 보낸다고 하더라고요. 그리고 작년에 다시 알아보니 기숙사가 문을 닫고 골프연습소로 바뀌었습니다. 한번 찾아가려 했는데 없어져서 못내 아쉽습니다.

일본이나 다른 나라에 어학연수나 유학을 가거나 단기 체류를 한다면 이런 셰어하우스도 좋은 선택입니다. 다양한 나라의 여러 친구와의 교류는 직접 경험해보면 생각보다 우리에게 많은 것을 가져다줍니다.

고전평론가 고미숙의 『몸과 인문학』을 보면 "둘리네 집은 외계인에 동물까지 그야말로 타자들의 아수라장이다. 그래서 늘 활력이 넘친다."라는 대목이 나옵니다. 타자와의 만남이 주는 엄청난 에너지에 대한 비유입니다.

12년 전 기숙사에서 사귀었던 일본인 친구들이 이제 모두 결혼도 하고 아이도 낳았습니다. 어느 날 갑자기 외계인처럼 나타난 저를 일본인 친구들은 당시에 어떻게 생각했을지 가끔 궁금해집니다. 저에게 그 친구들요? 처음 만났을 때는 그냥 1억 3천만 명 일본인 중 한 명, 지금은 전 우주에서 가장 사랑스러운 친구입니다.

[2014.07]

일본 워킹맘들의 천국, 시세이도

2013년, 일본에서 역대급 최고 시청률을 기록한 드라마 <한자와 나오키>. 유행어도 인기였고 명품 배우들의 열연 등 볼거리가 많았지만 저에게는 인상적인 점이 한가지가 더 있습니다. 주인공 한자와 나오키의 부인은 꽃꽂이에 탁월한 능력이 있는데도 결혼과 동시에 일을 그만두고 주변에서는 그 능력을 아까워합니다. 그만두는 이유는 가정에 충실하고 남편 외조에 집중하기 위해서입니다.

또 다른 드라마, 야마삐(배우 '야마시타 토모히사'의 애칭) 주연의 일본 드라마 <썸머누드>에서 여주인공(카리나 분)은 유명 레스토랑의 수석 쉐프입니다. 그러나 결혼과 동시에 일을 그만둡니다.

아니, 저렇게 능력 있는 여자들이 단지 결혼 때문에 일을 그만두다니, 상식적으로 이해가 되지 않습니다. 아이 때문도 아니고 저렇게 쉽게 자신의 꿈을 포기하다니 왜 그런 걸까요?

일본에서는 80년대까지도 전업주부가 여성의 꿈이었다고 합니다. 고토부키타이샤, 즉 '경사스러운 퇴직'이라 해서 결혼하면 사표 내는 것을 당연시했습니다. 최근에 본 아야세 하루카 주연의 일본 드라마 <오늘은 회사 쉬겠습니다>에도 이 고토부키타이샤라는 말이 나오는 것을 보니 아직 이런 현상이 남아 있는 것 같습니다.

물론 드라마 주인공들이 말하는 퇴직 이유는 "한가지라도 제대로 하고 싶어서…" 입니다. 일견 이해가 가기도 합니다. 일본 사람들은 무슨 일이든 확실히 하는 것을 좋아하니까요.

그런데 놀라운 사실이 있습니다. 한국도 여성 퇴직 사유 1위가 바로 결혼입니다. 무려 40% 이상을 차지한다고 하네요. 알고 계셨나요? 일본에만 있을 줄 알았던 결혼 퇴직이 한국에도 흔하게 있다는 사실을.

두 번째 여성 퇴직 이유는 예상대로 육아입니다. 똑같이 공부해서 대학 들어가고 어려운 취직 시험 통과해서 남자들과 같이 입사했는데 왜 여자만 육아에 백기를 들고 회사를 그만두는 것일까요? 11년째 아이를 키우며 회사에 다니는 제게 그 이유는 확실해 보입니다. 가장 큰 이유는 누가 뭐라 해도 일하는 환경에 있습니다. 즉 회사에 의해 좌우됩니다.

『이케아 세대 그들의 역습이 시작됐다』라는 책에서 저자는 고용 안정과 청년 세대의 좌절을 해결할 열쇠를 기업이 쥐고 있다고 말합니다. 저는 이 말에 상당히 공감합니다. 아무리 정부와 사회에서 여성이 일하기 좋은 직장을 만들자 역설해도 기업이 실천하지 않으면 공염불에 불과합니다. 회사의 CEO를 비롯한 임직원 모두가 일과 가정을 함께 지키자는 의지를 가지고 회사 분위기를 이끌어야 합니다. 그렇지 못하면 여성들은 눈치를 보다가 아이도 마음대로 낳지 못하고 결국 회사를 그만두게 됩니다.

육아휴직 3년, 둘째 출산 땐 최장 5년까지 육아휴직 사용, 아이가 초등학교 3학년까지 하루 2시간씩 단축근무…[1]

유럽에 있는 어떤 나라 이야기가 아닙니다. 일본의 글로벌 화장품 회사 시세이도의 이야기입니다. 1990년대 초반부터 이러한 제도를 운용, 실제로 여직원들의 근속연수가 길어지는 가시적 효과가 나타나고 있습니다. 최고 수준 육아 지원에

---

1 〈동아일보〉, 육아휴직 3년... 하루 2시간씩 단축 근무...일 워킹맘들의 천국 (2014.12.04)

여성 우수인력들이 몰려온다고 합니다. 제가 봐도 이 정도 육아 지원을 해주는 회사가 있다면 한국의 직장맘들도 환호할 겁니다. 시세이도에서 여직원이 출산이나 육아 때문에 회사를 그만두는 비율은 거의 제로에 가깝다고 하니 부러울 따름입니다.

OECD 국가 중 유독 한국과 일본만 30대의 여성 고용률이 바닥을 치다가 40대쯤에 다시 올라가는 'M자형'을 보입니다. 저출산 시대, 여성 인력의 활용은 앞으로 더 큰 화두가 될 것입니다. 개인의 노력도 중요하지만 사회나 회사의 인식이 여성들의 지속적인 직장경력 유지를 크게 좌우합니다.

CEO나 관리자들은 실제 여직원들이 무엇을 원하는가를 잘 파악해서 여성인력을 관리하는 포인트로 삼아야 할 것입니다.

[2014.12]

당신의 소울 푸드는 무엇입니까?
일본 우동 이야기

독자들 중에는 우동집 같은 건 전국 어디를 가나 거기서 거기 아니냐고 생각하는 사람이 있을지 모른다. 그러나 분명히 그런 견해는 잘못된 것이다.

- 무라카미 하루키, 『하루키의 여행법』

일본에서 '우동'하면 떠오르는 대표 주자는 사누키 우동입니다. 사누키는 현재 가가와현의 옛 이름입니다. 저도 우동을 별로 즐기지 않았는데 미야자키에서의 특별한 경험이 우동에 대한 관심을 불러일으켰습니다. 미리 삶아놓은 면이 아니라 먹기 바로 전에 삶은 우동의 맛은 정말 환상적이었습니다. 우동 맛도 신선할 수 있다는 사실을 알게 해 주었습니다. 맛은 역시 경험입니다.

하루키도 가가와현에서 맛있는 우동을 먹어보기 전에는 그 차이를 몰랐듯이 말입니다. 『일본, 기차 그리고 여행』이라는 책에도 가가와현의 우동이 등장합니다. 저자인 심청보는 2006년 일본에서 개봉해 관객 800만을 동원한 영화 <우동>을 보고 가가와현에 관심을 가졌고 하루키가 『하루키의 여행법』에서 감탄해 마지않았던 '나카무라 우동집'을 직접 찾아갑니다.

우동을 데쳐 먹는 것도 손님이 직접 해야 하고 우동에 넣어 먹을 파가 떨어지면 직접 밭에서 뽑아다가 먹어야 한다는 전설의 우동집. 물론 지금은 썬 파 정도는 가게에서 제공해 준다고 합니다.

하루키의 책이나 심청보의 책에 나오는 사누키 우동에 얽힌 재미있는 에피소드는 영화 <우동>에 거의 다 나옵니다.

영화는 크게 두 부분으로 나누어집니다. 전반부는 주인공 코스케가 뉴욕에서의 6년 무명 개그맨 생활을 접고 고향인 가가와에 돌아와 우동잡지를 만드는 내용입니다.

우동 붐에 힘입어 잡지도 잘 팔리고 가가와현은 관광객으로 가득 찹니다. 모든 것이 잘 풀리는 듯하더니 붐이 사그라들고 남은 것은 이래저래 상처뿐. 하긴, 영원한 인기란 이 세상에 없지요. 후반부에는 원래 제면소 집 아들인 코스케가 우동을 만들다가 갑자기 돌아가신 아버지의 뒤를 잇기 위해 고군분투하는 내용이 나옵니다. 영화 전반부에서는 웃다가 이 부분에 오면 가슴이 먹먹해지고 눈물을 감추기 어렵습니다.

아무것도 아닌 우동 같지만 아버지는 온갖 정성을 다합니다. 기계를 쓰고 냉장고를 쓰면 일은 편해집니다. 하지만 매일 같은 맛의 우동을 만들기 위해, 조금이라도 신선한 면을 급식 받는 초등학생 아이들에게 전해주기 위해 먹기 바로 전에 면을 삶아 배달합니다. 저는 이 대목에서 정말 울컥 눈물이 났습니다. 금방 반죽해서 만든 우동 면을 삶아 먹으면 어떤 맛이 나는지, 그리고 미리 삶아 놓은 면과 어떻게 다른지 실제로 체험했기에 그 감동의 깊이가 더했습니다.

사람들을 웃기는 개그맨이 되고 싶었던 코스케. 하지만 아무도 웃어주지 않아 개그맨이 되지 못한 코스케. 아들에게 웃는 얼굴이라고는 안 보여주던 아버지. 하지만 돌아가신 아버지가 꿈에서 말해줍니다. 코스케가 그렇게 찾아내려 했던 사람들을 웃게 하는 비법을 말입니다.

> 사람을 웃기는 거 정도 간단해. 맛있는 우동을 먹이면 한 방이야. 맛있는 거 먹으면 다들 웃잖아.

그리고 붐이 아닌 기적이 마츠이 우동야에도, 코스케에게도 일어납니다. 이 영화를 보면 가가와현에 우동 순례를 하러 가야겠다는 생각이 저절로 들지 모릅니다. 우동은 가가와현 사람들에게 분명 소울 푸드입니다. 인구 100만 명인 가가와현에 우동 가게 900개. 인구 1,250만인 도쿄에 맥도날드는 500개. 영화 전반부에 나오는 이야기입니다.

지금은 조금 바뀌었을까요? 확인은 안 했지만 별로 차이가 없을 것 같습니다. 우동 가게 숫자 말입니다. 왜냐하면 붐이 아니라 소울 푸드니까요. 당신의 소울 푸드는 무엇인가요?

[2014.11]

6장 일본 문화 에세이

10년 만의 도쿄 여행

내 환상 속의 도쿄 여행 이미지.

"홀로 도쿄에 여행을 간다. 아침 식사로 오늘의 커피와 두꺼운 토스트 두 조각, 스크램블드에그에 소시지, 버터와 딸기잼. '모닝 세트'를 앞에 두고 잠시 숨을 고른다."

눈을 감고 어느 한적한 일본 동네 카페에서 여행 에세이 『도쿄 싱글 식탁』에 등장하는 모닝 세트를 먹는 내 모습을 떠올려본다. 하지만 눈을 뜨면 모닝 세트 대신 아이 둘이 내 앞에 있다. 나 혼자 책임져야 하는.

도쿄는 10년 만이었다. 도쿄에서 1년 어학연수를 하고 3년 동안 출장 다니긴 했지만 여행으로 간 도쿄는 처음이었다. 그래, 처음은 다 서툰 거야.

공항에서 나리타 익스프레스를 타고 신주쿠로 향했다. 기차는 역시 편하고 쾌적한 교통수단이다. 교통비가 엄청난 일본에서 왕복 4,000엔짜리 티켓이 있어서 그나마 다행이라는 생각이 들었다.

오후 2시, 호텔 그레이서리 신주쿠에 체크인했다. 친절한 호텔 직원은 무려 30층 최고층 트윈룸을 줬다. 갈수록 두꺼워지는 얼굴을 빳빳이 들고 "좋은 방 주세요!"라고 애교 섞어 말한 것이 효과가 있었나? 호텔뷰는 환상적이었다. 도쿄 시내가 한눈에 들어왔다. 호텔 8층 테라스의 고지라 머리도 인상적이다. 몇 시간에 한 번씩 포효하고 저녁에는 조명도 반짝반짝. 특별히 고지라 같은 괴수를 좋아해서가 아니라 신주쿠라 접근성이 좋고 아이들이 좋아할 것 같아서 선택한 호텔이다.

미리 맛집을 검색하는 철저함도 좋지만 직접 가서 고르는 재미도 있다. 도쿄의 첫 식사는 단지 간판이 눈에 띄어서 들어간 숙소 근처의 <스시 마미레>라는 초밥집이었다. 미소시루(된장국)도 공짜가 아니라 따로 파는 가게였다. 아, 내가 왜 미리 저렴하고 맛있는 집을 알아두지 않았던가. 때늦은 후회.

초밥이 비싸서 적게 시켰더니 아이들이 모자란다고 난리. 결국 900엔짜리 튀김을 시켰는데 이것도 양이 너무 적었다. 우리의 위를 뭐로 보고…. 오오토로도 먹고 좀 비싼 초밥을 먹어서 4,500엔이 나왔다. 아무리 생각해도 일본 여행 첫 식사인데 돈 때문에 이렇게 허무하게 끝낼 수 없었다.

다른 초밥집으로 향했다. 이런 순간에는 판단이 매우 빠르고 거침없는 편이다. 저렴할 것 같은 회전 초밥집에 들어가 원 없이 배불리 먹고 나왔다. 메뉴 대부분이 한 접시에 105엔이었다.

호텔로 돌아가는 길에 편의점에 들러 맥주와 커스터드가 듬뿍 든 에클레어를 샀다. 한국에서는 술을 마시지 않는다. 그런데 일본에만 가면 꼭 편의점에서 맥주 한 캔을 사서 저녁에 마신다. 왜 그런지는 나도 잘 모르겠다. 초밥집을 두 군데나 다녀오고도 입가심이라며 에클레어(크기도 9살 우리 딸 팔뚝만 하다)를 먹는다. 한국에서는 과자나 빵을 거의 먹지 않으면서. 왜 그런지는 나도 정말 잘 모르겠다.

서울 타워를 보면서 감흥이란 걸 느낀 적이 있었나? 그런데 도쿄 타워를 보면 왜 가슴이 두근거릴까? 맥주나 빵과 비슷한 연장선에 있는 걸까? 저녁에는 역시 일본 방송을 보며 맥주를 홀짝이는 것이 제격이다. 왜 그런지는 모른 채 완벽한 여행 첫날이 저물었다.

둘째 날에는 일본에서 20년 가까이 살고 있는 친구 선미를 만나 오다이바로 갔다. 오다이바는 도쿄에서 내가 가장 좋아하는 장소다. 소설가 김영하는 오다이바를 "유럽을 재현하되, 유럽에서 불쾌한 요소는 다 제거하고 환상만을 남겨둔 곳, 근대 이후 일본이 제창해 온 탈아입구(脫亞入歐)의 쇼핑몰 버전[1]"이라고 말했다. 왜 오다이바를 좋아하느냐는 질문에 아직도 확실한 대답을 못 하는 나. 어떤 사람은 오다이바를 '일본 관광지의 끝판왕'이라고까지 부른다. 너무 인공적인 면도 있지만 많은 사람이 사랑하는 장소임이 틀림없다. 그저 막연했던 느낌을 정리해 준 김영하 작가의 통찰에 고맙다고 말하고 싶다.

1월이라 약간 쌀쌀한 날씨, 오다이바에 있는 온천 '오오에도 온센모노가타리'[2]에 갔다. 유카타로 갈아입고 간단하게 족욕을 했다. 족욕만으로도 행복했다. 아이들 성화에 닥터 피쉬 체험도 해서 묵은 각질 제거도 했다. 사십 평생 다른 종(種)과 공생관계를 이루었다는 성취감은 처음이었다. 나는 너의 배를 불리고 너는 나의 발을 아름답게 해주었구나. 내 몸의 불쾌한 요소를 제거해 준 물고기에게 고맙다는 말을 전하고 싶

1 김영하, 『김영하 여행자 도쿄』

2 2021년 9월 5일부로 영업을 종료했다

다.

압권은 역시 식당가 겸 상가. 아니, 이런 별천지가! 마쓰리(축제)에 간 기분이었다. 10년 전의 일본과 다른 점은 확실히 한국어가 많이 보인다는 것이다. 라무네 파는 곳에는 '사이다'라고 적혀 있고 한글로 '라무네'라고도 적어 놓았다. 이곳에서 아침부터 밤까지 놀고 싶다. 종일 돈만 쓰겠지만.

셋째 날은 신주쿠 이세탄 백화점의 데파치카(백화점 지하 음식 매장)에 갔다. 포도를 송이째 말린 특이한 건포도를 샀다. 천재 시인 이상이 좋아하는 멜론을 팔았다는, 긴자의 백오십년 된 과일가게 센비키야에도 송이째 말린 건포도를 판다지? 맛은 상상 이상. 포도도 곶감 말리듯 말리면 이렇게 되는 건가? 언젠가는 일본의 유명한 데파치카를 다 돌아보겠다는 야무진 계획을 무계획적으로 세워본다.

마쓰야 긴자 백화점 데파치카에 가면 맛있는 도시락 고르는 재미가 쏠쏠하다는 황금 정보도 가지고 있었지만 긴자에는 발도 못 들여놓았다. 센비키야에 가서 송이째 말린 건포도가 있는지도 확인해야 하는데! 계획이 바뀐다. 다음에 도쿄에 오면 신주쿠가 아니라 긴자에 숙소를 잡고 매일매일 긴자를 돌아다니고 싶다. 신주쿠의 미술용품 전문점 세카이도 구경을 하고 저녁 약속 장소로 향했다. 도쿄를 즐기려면 5박 6일은 너무 짧다. 1년쯤 더 살아봐야 하는데….

이날 저녁에는 올해 우리 출판사가 발간한 에세이집 『한 번쯤 일본에서 살아본다면』에 참여한 작가님들과의 만남이 있었다. 나고야에서 올라와 주신 작가님도 있었고 가마쿠라에서도 와 주셨다. 난 선물로 한국 라면 두 개씩만 드렸는데 지역 특산물에 비싼 과자를 선물로 받아서 너무 황송했다. 즐거운 셋째 날이 그렇게 지나갔다.

넷째 날에는 신주쿠역에서 하토 버스(HATO BUS)를 탔다. 일본판 시티투어 버스다. 여행 기간 내내 날씨가 좋았는데 하필 버스 타는 날만 비가 주룩주룩. 당연히 이층 버스 지붕을 덮어줄 줄 알았더니 지붕을 닫으면 아무것도 안 보여서 그냥 비옷을 입고 타야 한단다. 순간 갖은 짜증이 다 몰려와서 가이드 없을 때 막 투덜거렸다. 아니 이렇게 많이 내리는데 비를 맞으며 투어인지 나발인지를 한단 말이야! 환불이 되긴 하지만 가장 고생한 기억이 나중에 가장 많이 남는다는 사실 인생 터득한 바가 떠올라 그냥 타기로 했다. 손님은 딱 우리 가족 세 명. 교통비 비싼 도쿄 땅에서 전세 버스를 타보는구나. 그것도 이층 버스를 전세로.

어떤 건물에서는 서양인들이 발레 연습을 하고 있었다. 진기한 장면이로다. 가히 이층 버스가 아니면 절대 보지 못할 구경거리다. 버스는 자동차 회사 '혼다' 본사 건물 앞도 지나갔다.

"잘 보시면 유리창이 벽보다 다 안으로 들어가 있잖아요. 지진이 나도 유리가 건물 바깥쪽으로 떨어지지 않도록 혼다 회장이 이렇게 건물을 만들라고 했답니다."

혼다 소이치로? 음, 어쨌든 대단한 발상이다. 막상 투어가 시작되니 가이드의 뛰어난 언변과 나의 맞장구가 척척 잘 맞아서 가이드의 잡다하고 재미있는 이야기가 속속들이 연이어 풀려 나왔다. 아이들을 위해 실시간 통역이 조금 힘들었다. 가이드의 긴 설명에 이은 나의 지극히 짧은 통역이 아이들에게도 의아했을 것이다. 내내 모질게 내릴 줄만 알았던 비도 우리가 내릴 즈음에는 그쳐 있었다. 인상 쓰며 탔다가 웃으면서 내린 하토 버스. 다음에는 3시간짜리 하토 버스 투어에 꼭 도전해 보고 싶다. 비는 제발 안 왔으면 좋겠다.

다섯째 날에는 한국 출판 관계자라면 반드시 가줘야 한다는 다이칸야마 츠타야를 방문했다. 한동안 출판인뿐만 아니라 책과 서점을 좋아하는 많은 사람에게 다이칸야마 츠탸

야는 핫 키워드였다. 1층 스타벅스에서 커피를 마시고 (아이들은 코코아) 서점 2층으로 가면서 한 카페를 가로질러 갔다. '오, 분위기 좋은데!' 나중에 다시 확인해 보니 유명한 북카페 Anjin(안진)이었다. 『도쿄의 북카페』라는 책을 보며 나중에 도쿄에 가면 이 카페에 꼭 가봐야지 했던 바로 그곳이었다. 아, 여행을 너무 준비 없이 다녀왔나?

다이칸야마 츠타야는 신간뿐 아니라 구간이라도 인기가 있으면 매대에 진열한다는 점이 인상적이었다. 서점 안에서 조용하게 책을 보는 사람들의 모습은 무언가 한국과 다른 분위기였는데 좀 더 책을 소중히 다루는 느낌이랄까.

저녁에 호텔로 돌아와 해지는 도쿄를 원 없이 감상했다. 오렌지빛으로 물든 도시는 환상적이었다. 도쿄에서 살아보긴 했지만 내게는 여전히 미지의 세계이며 즐거움과 새로움이 가득한 도시다. 어떤 면에선 오래 살다 오지 않아서 다행이라는 생각도 들었다.

"이제는 그냥 일상을 보내는 평범한 공간이지 뭐. 특별한 감흥이 없어."

도쿄에서 생활하는 친구 선미의 감각과 여행 온 나의 감각의 격차는 하늘과 땅 사이 공간쯤 되는 것 같다. 여행자는 온

몸의 세포가 "모든 새로운 것을 다 받아들이겠어!"라는 의지로 충만해 있으니까. 그런 자세가 아니면 여행은 안 가느니만 못할지도 모른다. 도쿄라는 기분전환 가능한 절대공간이 가까이 존재한다는 건 큰 기쁨이다. (가까워도 자주 못 가는 건 함정) 한국은 내게 그저 일상을 보내는 특별한 감흥 없는 (사실 미치도록 지루한) 공간이니까.

추억이 있기에 도쿄는 더 특별하게 다가온다. 가보지 않은 누군가에게는 완전한 미지의 세계, 한 번쯤 경험한 사람에게는 아련한 추억의 공간 도쿄.

도쿄 여행이 재미있게 느껴지는 이유는 뭔가를 기대할 수 있기 때문이다. 새로운 만남, 놀라운 장소, 아름다운 풍경, 그리고 도시의 바람을 맞으며 한 뼘 더 성장하는 내 마음속 그 무엇, 그런 기대감….

10년 만의 도쿄 여행에서 돌아온 지 벌써 3년이 다 되어간다. 나는 오늘도 도쿄 여행을 꿈꾼다. 홀로 어느 한적한 카페, 오늘의 커피와 두꺼운 토스트 두 조각, 스크램블드에그, 소시지….

- 웹진 『브릭스』, 2019.05

자발적 프리터를 들어보셨나요?

"아르바이트 천국!" 일본은 아르바이트를 구하기도 쉽고 시급도 꽤 높다. 최저 시간당 임금이 800엔(한화 8천 원) 정도이다. 나도 일본에 살면서 아르바이트를 했고 일본인 친구들도 대부분 아르바이트를 했다. 학생 신분으로 아르바이트를 하면 돈도 벌고 사회 경험도 할 수 있어 나쁘지 않아 보이지만, 문제는 졸업한 젊은이들의 상당수가 프리터를 직업으로 하고 있다는 사실이다.

일본에서는 비정규직인 아르바이트를 직업으로 하는 사람을 프리터(프리 + 아르바이터)라고 부른다. 15~35세의 프리터 비중은 2004년에 217만 명으로 최고조였고, 2011년만 해도 176만 명이었다. 물론, 프리터인 젊은이들은 다 무능력하고 미래에 대한 희망조차 없다는 생각은 조금 성급하다.

일본에서 프리터로 산다는 것

2013년 일본의 최고 권위 신인 문학상인 아쿠타가와(芥川)상 수상자는 75세의 구로다 나쓰코(黑田夏子)였다. 그녀는 와세다대 국문과를 나와 중·고교에서 교사 생활을 했다. 하지만 글을 쓰기 위한 시간이 절대적으로 부족하자 2년 만에 그만두고 아르바이트로 생계를 유지하였다. 30대 후반부터는 출판 교정작업 아르바이트를 시작하여 30년간 출판사를 돌아다니며 시급을 받았다고 한다.

정규직으로 일하면 조직에 몸과 시간이 묶이게 된다. 잔업에 초과근무를 피하기 어렵기 때문이다. 반면 자신의 능력에 투자하는 시간은 줄어든다. 이런 면에서 프리터의 장점은 정해진 시간만 일하면 되고 조직에 얽매일 일이 없다는 것이다.

일본이 아르바이트 천국으로 불리는 이유 중 하나는 아르바이트로도 정규직 못지않은 벌이가 가능하기 때문이다. 물론 정규직 초봉 정도의 수준이지만 말이다.

예컨대 선술집에서 아르바이트를 한다고 했을 때, 심야근무까지 열심히 챙긴다면 한 달에 30만 엔에서 40만 엔 정도의 월수입을 어렵지 않게 올릴 수 있다. 종종 아르바이트에서 정사원으로 전환할 수 있는 길을 제도적으로 마련해 놓은 곳도 있다. 그러나 정작 젊은이들이 여기에 매력을 느끼지 못하는 경우가 많다. 대형 선술집에서 일하는 프리터 겐지(21세, 남성)는 "정해진 날에 출근하지 않으면 안 되고 급료도 낮다."라는 이유로 정사원이 되는 데 별 관심이 없다고 했다.

- 후루이치 노리토시, 『절망의 나라의 행복한 젊은이들』

진정으로 하고 싶은 일이 직업으로 연결되기 어려운 경우가 많다. 이런 경우 차라리 프리터로 생계를 해결하고 그 외의 시간은 하고 싶은 일을 하는 것이다. 구로다 나쓰코도 글쓰기에 집중하기 위해 안정된 직장을 버리고 시급 받는 일을 선택했다.

하지만 비교적 단순한 일인 프리터를 선호하고 심지어 일을 잘해서 정규직 제안을 받아도 조직에 얽매이기 싫다며 거절하는 신세대를 보고 기성세대들은 우려의 시선을 보낸다.

일본은 모노쓰쿠리(물건 만들기) 등 한 분야에서 탁월함을 가지는 장인정신을 높이 평가하는 나라이다. 그런데 젊은이들이 현재의 생계만을 위해 일하는 것 같아 기성세대의 눈에는 생각 없어 보이는 것이다. 그리고 프리터 중에는 정규직이 되고 싶지만 못 되는 사람도 많다. 젊은이가 희망을 잃어버린 사회라고 불리는 일본. 2015년 현재, 일본의 젊은이들은 어떤 생각을 하고 있을까?

일본의 젊은이는 행복하다?

2011년 일본에서 출간되어 15만 부나 판매된 책 『絶望の国の幸福な若者たち』(절망의 나라의 행복한 젊은이들)의 저자인 젊은 사회학자 후루이치 노리토시는 고령화, 저출산, 저성장, 정규직이 되기 어려운 현실 등 절망의 나라 일본에서 저항하지 않는 일본의 젊음을 분석한 뒤 결론을 내린다. 왜 일본 젊은이들은 사회에 대한 불만은커녕 성공에 대한 욕심조차 없어 보일까? 대답은 아주 간단하다.

"왜냐하면, 일본의 젊은이들은 행복하기 때문이다."

일본에는 매일매일 생활을 다채롭게 해 주고 즐겁게 만들어 주는 요소들이 갖춰져 있으며, 일본에서는 그다지 돈이 많지 않아도 자기 처지를 어떻게 생각하느냐에 따라 그럭저럭 일상생활을 영위할 수 있다고 저자는 말한다. 그리고는 구체적으로 다음과 같은 예를 열거한다.

> 유니클로(UNIQLO)나 자라(ZARA)에서 기본 패션 아이템을 구입해서 입고, 에이치 앤드 엠(H&M)에서는 유행 아이템을 사서 포인트를 준 다음, 맥도날드에서 런치 세트와 커피로 식사한다. … 가구는 니토리(Nitori)나 이케아(IKEA)에서 구매한다. 밤에는 친구 집에 모여서 식사를 하며 반주를 즐긴다. 그리 돈을 들이지 않아도 그 나름대로 즐거운 일상을 보낼 수 있다.

더욱 놀라운 것은 젊은이들이 행복한 이유이다. 바로 '희망적인 미래'를 기대하지 않기 때문에 지금 행복하다고 느낀다는 것이다. 이루어지지 않을 미래의 목표는 접어두고 현재를 즐기자는 생각이 현재 일본 젊은이들의 속마음이다. 미래에 더 큰 희망을 걸지 않게 됐을 때 "지금 행복하다" 혹은 "지금의 생활에 만족한다"라고 생각하게 된다.

일본을 보며 한국의 미래를 생각해 보게 된다. 한국은 아직 일본보다 젊지만 일본의 전철을 이미 밟아나가고 있다.

어쩌면 일본보다 더 빠른 속도로 사회의 활력이 떨어지고 있다. 일본은 소득 4만 달러 때 고령화가 본격화되었지만 우리는 그 절반인 2만 달러에서 일본보다 더 빠른 속도로 늙고 있기 때문이다. 우리 젊은이들이 일본 젊은이들처럼 "절망의 나라의 행복한 젊은이들"이 될지도 모르는 일이다. 더 늦기 전에 한국의 젊은이들이 희망을 품고 도전할 수 있는 미래를 만들어 주는 것이 기성세대가 해야 할 일이다.

[2015.04]

결혼하지 않아도 괜찮을까?

여성의 고학력과 활발한 사회진출은 커리어 우먼이라는 말을 만들어 냈고 젊은 여성들은 학업을 마치고 취업하는 것을 당연히 생각한다. 하지만 이런 그녀들도 결혼, 출산과 함께 커리어 우먼은 일과 가정을 양립해야 하는 슈퍼 맘에 다름 아니며 그녀들 인생에서 가장 힘든 시기일 수 있다는 사실을 알게 된다.

일본도 맞벌이 가정이 전체의 50%를 이상을 차지할 정도로 많다. 이에 따라 이미 수년 전부터 맞벌이를 위해서 '일과 가정 양립 조화'가 필요하다는 인식이 생겨났고 정부 차원의 정책도 많이 나왔다.

일본 사회는 이미 경험에 의해 여성이 일과 가정을 다 잘 이끌어 간다는 것이 얼마나 어려운 일인지 충분히 알고 있다. 일본도 출산, 육아 정책이 빈곤하다. 출산 후 일을 그만두는 여성도 많다. 반대로 일을 하고자 결심했다면 결혼이나 출산을 미루거나 포기하게 될 확률이 높아진다.

전문가들은 일반적으로 저출산의 가장 큰 원인으로 25세에서 35세의 여성들이 모든 것을 동시에 해내야 한다는 사실을 지적한다. 이들은 정규 교육을 받고 직장 생활을 시작한다. 사회 초년병 시절에는 인생에서 제일 적은 돈을 벌면서 제일 많은 일을 해야 한다. 그리고 결혼을 하고 아이를 낳아야 한다. 이런 생활을 버텨낼 사람은 생각보다 많지 않아 보인다.

일과 가정의 양립은 가능할까?

여성 고용 곡선이라는 것이 있는데 미국·독일·프랑스·캐나다 등은 40대 중반에 정점에 이르는 종(鐘) 모양이고 OECD 국가 중에 일본과 한국만 M 곡선을 그린다. 아이를 낳은 뒤 가정을 지키다 생활비·교육비 대느라 40대 후반에 다시 일하러 나오는 것이다.

『여자가 겪는 인생의 사계절』이라는 책에서 예일대 심리학자 대니얼 레빈슨은 젊은 커리어 여성들에게 서른은 "특별히 힘든 시기로 접어드는 때"이며 "난이도 '중'에서 '최상'으로 바뀌는 시기"라고 정의했다.

최근 한국에서 개봉한 영화 <결혼하지 않아도 괜찮을까>

는 한국에서도 많은 독자층을 거느린 『수짱 시리즈』의 만화가이자 일러스트레이터, 에세이스트인 마스다 미리의 책이 원작이다. 30대이고 여자이며 결혼하지 않은 사람들이 그녀의 만화와 글에 가장 공감한다. 마스다 미리는 30대 미혼 여성의 심리를 잘 표현하는 것으로 유명하다.

미혼인 주인공 수짱은 남편도 아이도 없이 나이 든다는 것에 대해 고민한다. 마이짱은 유능한 커리어 우먼이었지만 결혼을 선택했다. 평온하고 행복한 나날. 하지만 아쉬움이 남는다. 열심히 일했는데 결혼하고 아이 낳고 회사는 그만뒀다. 지금의 자신에 대해 단지 '무직의 임산부'라는 생각을 한다. 흔히 말하는 "결혼, 해도 후회, 안 해도 후회"라는 말이 생각난다.

여성들, 새로운 시도를 시작하다

2015년 1월에 일본에서 방영된 드라마 <문제 있는 레스토랑>은 남성 위주의 회사와 사회에 실망한 여자들이 직접 레스토랑을 열어 자신들에게 부당한 행동을 했던 남자들에게 대적하고 자신들의 꿈을 이룬다는 내용이다. 주인공은 이렇게 말한다.

좋은 일을 하고 싶어요. 그냥 좋은 일을 하고 싶어요. 두근거리고 싶어요. 인생은 분명히 지위나 명예나 돈이 아니라 얼마나 가슴이 두근거렸느냐에 결정된다고 생각해요.

주인공은 정말 자기 일을 사랑하는 사람이지만 회사에서는 벽에 부딪혀 이를 이루지 못한다. 이 드라마의 여주인공들은 결혼하지 않았거나, 결혼했다가 이혼했거나, 결혼할 수 없는 사람(여장을 즐기는 게이)이다. 작가는 은연중에 이렇게 말하고 있는지도 모른다.

(결혼한) 여자가 기존 사회의 잘못된 틀 안에서 자신의 꿈을 이루기는 힘들다.

2015년, 일본 여성들은 회사에서의 작은 성공에 더는 만족하지 않고 보다 큰 꿈을 꾸기 시작했다. 예를 들면 이 드라마에서처럼 자신의 회사를 세운다든가 하는 방법으로 말이다.

자신의 회사라면 남자들이 만든 게임의 룰과 상관없고 일과 가정의 양립 조화가 더 쉬울 것이다. 향후 사회 전반적으로 이런 경향이 두드러지리라는 예상을 해본다. 한국도 앞으로 비슷한 길을 가지 않을까?

[2015.04]

책과 여행으로 만난

일본 문화 이야기

1판 1쇄 인쇄 2020년 4월 6일

1판 3쇄 발행 2022년 2월 1일

지 은 이 최수진

펴 낸 이 최수진

펴 낸 곳 세나북스

출판등록 2015년 2월 10일 제300-2015-10호

주 소 서울시 종로구 통일로 18길 9

홈페이지 http://blog.naver.com/banny74

이 메 일 banny74@naver.com

전화번호 02-737-6290

팩 스 02-6442-5438

I S B N 979-11-87316-63-3 03810

잘못 만들어진 책은 구입하신 서점에서 교환해드립니다.

정가는 뒤표지에 있습니다.